在僻處自說2

張至廷微小說選

張至廷 著

推薦序一

由他「自說」照見自己，在僻處

至廷委我個任務，要我為他的新書寫個序，我想也沒想便一口答應，因為他幾篇微小說我看過，我喜歡。

文章寄來，光看篇章名和作者序我就矇了！篇名春草啊、冬草啊……還有月份！跟內容有什麼關係？我反反覆覆檢查十二個月還楞缺了七八月，哪兒去了？放暑假嗎？再有，自序，哪有這種寫法的？格式不符之外還東一塊西一塊、天上一雲彩地下一蚱蜢的。什麼意思啊？想問問至廷吧，太丟人！便急急翻出他另一本詩集《吟遊‧奧圖》看看人家怎麼為他寫序？「人家」，博古通今學貫中西，筆下文史哲理融會貫通旁徵博引兼容並蓄……唉！闔上書閉上眼，我想，那樣的序文我是一輩子也寫不出的呀。放棄吧！不是放棄寫，而是放棄想那些所謂「章」呀「序」呀、那些「應該是這樣，怎麼會是那樣」、「他們都怎樣，我得跟他們一樣」等等一切俗套，就直接從我喜歡的——他的小說——看起吧！嘿！沒想到，倒像是瞎貓撞上死耗子，打這兒起，一個「小小小小的秘密空間」漸漸……漸大漸大見大……大大大大的展開了！

「喜歡」絕對是「自說」的。我說說喜歡這書的理由吧！

我說書，至廷筆下的故事興起我想說的念頭，案頭故事能讓口頭說書人看上，得「趣兒」、「勁兒」、「理兒」、「味兒」四樣具足，而他，都有。我說相聲，至廷小說手法像極了相聲攢「包袱」，不但有「三翻四抖」、「鋪平、墊穩、支準」等等，「底包」也總能在情理之內意料之外，而且刺是「綿裡針」、樂是「肉裡噱」，妙哉！此外，文有懸念引人入勝，一篇像一道謎，謎底直到文末忽地翻現這才恍然大悟；有時看完還猜不著，結果答案在標題找到！最好玩的莫過於他這書的「風格」。這書什麼風格？這道謎，我也是看完才發現，兜了一圈，原來答案早明擺著：「在僻處自說」！直譯就是，在沒人的地方我愛怎麼說就怎麼說，我不礙著你你管我！反過來就是你愛聽便聽、不愛聽也擋不住我說。這就是本書的風格！對嗎？至廷？……到這裡我算明白了，這人，雖長了大高個子，骨子裡仍是個調皮孩子──生了反骨的，就用那一反來激你動腦、給你腦子做SPA！

認識作者的，看這書格外趣味。

我與至廷博班相識；三年間，一起修過課，我還演過他的劇本。這人，從來見他，總是白髮覆臉、喜怒哀樂既不顏表也不言表，貌似溫良恭儉讓，頗有鄙不利多之風，活脫脫一個世外奇人神鬼莫測；然而，另一個他，臉書上覓得，瀟灑、敏銳、詼諧、健談，吃喝吐睡毫不遮掩、愛惡慾憎朗朗分明。站我面前的他與字裡行間的他，兩個都真實無比絕不摻水。是他矛盾嗎？是他分裂嗎？是，也不是。他跟所有人一樣，所有人也都跟他一樣，都是由許多矛盾整合統一起來的。只不過他有一種能力你我沒有，他能像鏡子般冷靜地照見矛盾分裂，然後將之清晰地切割成一塊塊獨立鏡面去照射人情事理。他的想像、他小說裡的情調也異於一般。讀他書，彷彿手拿一面鏡子，走在時明時滅的闇魅光影間、在你意想得到與意想不到的角落裡錯落隱藏著凹凸不同的大大小小許多鏡子，猛然間，你瞥見鏡子裡出現了他小說人物的身影，瞬間你驚覺那是變形的他，哪知當你用手鏡狠很對準他，倏地鏡中照見的卻是自己。當然，這些鏡影盡是虛幻。但知至廷者，看書的另類樂趣，倒是在於看他在他所營造的虛虛幻幻間，如何真真實實的把他自己給徹底坦露了！在他那些人呀、鬼呀之間，看見他渾厚的底蘊、深情的關懷、透徹的思索、真誠的交流……看見他這人，到底是文學的身子、哲學的魂。

在「僻處」自說非同在「火車站」或「家樂福」自說。所以請你，拿到你的僻處看去吧！待你看出我說的「鏡子」、「謎」……看出我說的「至廷」和我沒說出的「你」，你便曉得我這序，不虛言；回頭再看他自序，一切你都明白了。

葉怡均

二〇一三年十二月二十六日

推薦序二　給你的情書

我是你筆下的人物，我的身體詮釋你的精神。燈亮，我們於是牽扯在一起，在吟詠中，心神相守——我們總能知道彼此要什麼，不必言辭解釋，只需身體力行。

回想這一路走來，我還是覺得非常不可思議，散戲那晚你問我，究竟為什麼當初會找上你，你說，你從沒寫過劇本。不為什麼，我就是知道你可以！就是冥冥中，我選定你；當時，你從未看過我的演出，但許多事情在這冥冥中，就這麼完成了，你是那般的清楚而精準又富有心機地為我量身打造。

也許有前世，我們可能真的有糾扯不清的過去，讓我在那個午後，見到你，只是一個眼神——我不曉得那天你是否看見我，或者其實不需要眼神交會，命運就是如此，連目光都不需要。

你為我書寫，我為你唱為你演；這回終於，我也有機會為你書寫，為你我之間，留下點什麼，我唯一能為你做的，就是付出全然的我，哪怕是短絀的、醜陋不堪的，我就是這樣地活在你的文字中。

兆欣

註：

三谷幸喜說：「劇本其實是編劇寫給演員的情書。」演員與編劇有種微妙的情感，很難用「關係」去定義他，那是彼此一絲靈識的交會，在無數次的構思與排演中相互滋養，在劇場中成就。現實生活中，我們不是也不可能是對方的理想對象；但感謝上天，讓我們在創作的世界裡相遇相知相守。

自序

之一、風中之花

我不喜歡吃粥，但是乾飯就好。除此之外，我將敘述我所知的故事，不怎麼屬於這世界的故事。我所說的世界，沒曾幾個人，或根本沒有人，但一切都是人的故事。我欲啜飲茶湯，沒有好的，就來劣的。然後我繼續刻畫，也不是梵谷在畫室的故意遺忘，也不是焚書續焚書，也不是、也不是。可能只是墓上的野菊。

之二、自白書

寫文章還有不是自白的嗎？雖然寫的未必實情，但總透露思考結構的某些實況。雖然整個只算是難解的隱語系統，也不見得最後真的被解讀出來，不過怎麼也不能不是一張張可稽的心電圖、腦波圖。所以朱西甯的初心及最後，都是「為上帝而寫」。文學理論中的「歷史研究法」固然掌握了這種理解，「新批評」與「後批評」其實也是對此有深切的了解而發，只不過一者將文章當作當事人的「筆錄」，一者將作品視為蒐證的文件資料而已。

散文證明一個人的氣息，論文證明一個人的見解，越複雜的文體很可能透露得越多。在小說或戲劇的描寫上，塑造的英傑也就是這個作者的眼界及人格、識見的上限了，為英傑所代言的台詞，也就是作者對人生的最高認識了。很可怕，瞞不了的，所以也有只寫平凡人物的小說家，讓隱語系統更隱密些。但還是自白書。

之三、留白

中國畫擅長留白，講求意境、氣韻，這是常識。西洋畫未必無大片的白，以油畫來說，大片的白色是敷塗上去的，它不虛空，而很實在。如果是灑向地面的一片光，它就是「實在寫光」，它是一個確定的顏色，白色。水彩畫有時會留白，不真把顏料上上去，不過留白的部分一樣是要鄰接的重色、淺色支撐起，因此「留白」依然是一個確定的顏色，白色。

中國畫的留白卻不是一個確定的顏色，白色。它似屬於，而不見得真屬於眼前畫幅的一個確定部件。例如一個不設色，單純勾描的人物，眼、鼻、嘴及臉型線條之間是不再著筆的，這並不是留白，它只是黑白二色間的白色。所謂的留白，就是「不搭掛」，它似乎也能是構圖當中的「白色」部分，不過若僅只於此，這個留白是講不到意境的。「留白」除了是畫幅上敘說空間的有效部件外（相對於著筆處），它還超錯了空間，甚至不在空間之內。以西洋透視法觀之，留白在空間當中的表現，應是「有距」的，留白顯示的空間有一定的距離，是某個大小的空間。中國畫的留白運用，卻不只於此，近石與遠山間有一片留白，你不能說它顯現的直線距離應該是四十點五公里到四十點七五公里之間，也許是，但非必是。這還是把留白以外的分開部件用留白關聯起來，實在來說，著筆的部件與部件間留白根本可以「不搭掛」，或「不以確定的空間搭掛」，部件與部件彼此以留白兩相神往而已，比如我見仙山，仙山卻根本不在「我的空間」裡，互不搭掛，也是這樣。

之四、我只是謾罵

把額頭刮光是有點多事，但也不是不可以。打個辮子又有什麼不對呢？清人入主中原時實施了一次全國大髮禁，統一一式，或砍頭。好似把頭殼外觀改一改就能改變頭殼裡的想法，當然啦，頭皮被刮了嘛。清人被整垮的頭個表徵，就是鍘了辮子，那自是決心求新的表現、儀式，但換是換頭了，其中多少新變、多少又入另殼，可不好說。當時強人西方對中國的印象就是落後、昏濁，並可以腦後傻掛著的辮子差全象徵。現在呢？脖頸綁啦一條假辮子垂到肚腩，然後這樣稱為文明、時尚。我沒笑。

之五、魔法

魔術是假的，並非我們看得出是假的，乃是我們心裡知道那是假的。幻想也一樣，腦海中幻化出的景象我們都知道是假的。魔法是真的嗎？很不幸，我們認為魔法也是假的，是一種幻想。

可是，世間真有魔法，它使魔術般的幻想變成真實，這種真實不在於科學的檢驗，而是真實在人們真心的感動、感受。藝術，就是世間真實存在的魔法。好像一盆香撲的蛋糕從你的跟前端過，蛋糕過去了，蛋糕不見了，那色、那香，衝進鼻眼的真實，已不在繫屬於眼前其實沒有蛋糕了。藝術這種魔法也是這樣，不管它的形式被如何地證實為非真實，我們的覺受總領略那一份真。世間不在此發生的，透過藝術這種魔法，就在此發生了。這是向造物者學習創造的入室弟子。

魔術或幻想，也可以是上臻藝術的一種形式，這當然是因為從心役腦。否則便只是一種「仿造物」的技術，是「造物學徒」的山寨版、假學生。

之六、釋出

不想要了，自會脫手；如還想要，只好學著放手。天下沒有能不離開手頭的事、物。去抓攫的，以為可以到手，以為握在我手，都是錯覺。像膝上的貓，所以在膝上，既非抓來，也非抓住。又像膝上無貓，本自無貓，所以貓將跳來，所以貓沒跳來。

之七、去眼

入意深廣，巨必無疇，無疇則出人視彀，視亦不視。人既不視，則無所用之，或日用而不知。而不知之用，亦名無用，以用無用之辯者，視彀之事也。故大材不入眼，小材稱大，而大材之名大者，其梢之可見也。以知眼不能齊，名無所稱，齊物曰：「萬世之後而一遇大聖，知其解者，是旦暮遇之也。」

之八、先知宣言

我能穿透人心，雖然並非時時管用，效能還算很高。讀心術算個啥？人們心中所想未必是真，且鮮有真實。如果我有餘暇，將會告訴你你是何材質，工程如何。

但若你非我的信徒，則將在我的序言中即嗔怪而走。我太明白，自己必將寂寞而死，因為世界整個錯了。唯我不明者，唯胡正頓如我錯生此間？我將寂寞而死，放任世間一錯、再錯。我知凌神，我力如人。

之九、一局中

他們正在外遇，但他們並不相信。他們忙著打跑對方完成失戀，但他們並不相信。他們不是宿敵，但他們並不相信。對方是獒犬自己不是，但他們並不相信。自己是獒犬對方是貓，但他們並不相信。張爪比低伏可憐，但他們並不相信。跳起來並不會得勝，但他們並不相信。他們深愛著對方，但他們並不相信。對方充滿敵意，但他們並不相信。快感，他們唯一相信。

之十、出入自得

天亮了。每見天光微啟，常常想到小時候看的一部電影，一部很出名的軍教片，片名忘了。就有一幕至今記憶深刻，柯俊雄飾演張自忠將軍，一次深夜他站在窗邊，勤務兵不明所以，問他不睡還在等什麼，張自忠便一字一頓地說：「等、天、亮。」記憶深刻不是因為感動，而是發噱。當時就覺得這張自忠怎麼這麼一本正經逗樂子？但不敢真這麼想，覺得自己也太不愛國、太沒心肝了。可是其實就是覺得好笑。後來長大想起，敢笑了，覺得演得好笑只是文學或戲劇藝術的批評，跟心不心肝兒沒關係。再又一想，演得固然是好笑，要是我在那種緊張存亡時局中，還真覺得好笑嗎？也許人在精神極度奮昂時，言行多少都帶著些過重的戲劇性吧？是有一點兒，我性情猛烈的朋友至少也好幾個，細想還真是「等、天、亮。」一型的。所以，好笑雖不會變成不好笑，但就不計較了。

人不是這樣？跳出戲外看看戲裡的自己，可不可笑？可人總不入戲，又便什麼也可笑不幹了。都不好，人應該多跳出戲外看看自己，再跳回戲裡接著幹。無入而不自得，也許就是都在外邊先看清楚了，隨入便都可自得啦。

之十一、寂

我睡睡醒醒，疲累。天都亮了，忽然很想找你吃早餐，但你可能在睡，而我也一點都不餓。也許你也醒著，仍瞪視著這晨光。可能，其實我知道我們必然坐逝這靜好晨光，各自偷偷把這晨光閱讀孤寂。然後，我們會就此等待這早知的失望凝結成凍，再慢慢眠去。

之十二、給失睡的人們

在我將睡眠插入思緒充電之際，你們正以沉睡的心情飄浮在睡眠之外，一個、二個、三個……。燠熱的夏夜，分離式的鬱氣就在不同的房間裡放送。門縫透出忿苦的光，每一個男人身邊都未倚躺著女人，不論溫柔不溫柔，不論有能或無能。而女人們，躲在扉頁、電線桿、明天、ＳＤ卡、鬼臉的前面，以及早期師母的褲縫裡，非常難懂。門縫，熄了。我親愛的朋友，我們將把幽隱的日常，在暗房內，親手搓糜成泥，塗補不時崩磞的傷縫，再抹開勻成貴曬的健康古銅色，在新落成的樓館中，以非賣品的姿態，陳列。我祝你好眠。

之十三、將往

流離失所的各種詞類卻被安上一道道不可規則的軌道，軌道上便安上一閘閘通往虛設的實境。實境還是光怪陸離，或者回到故鄉，關係著乘客是否精神正常，但鐵路工人必是精神病患。

如果真要陌生才能開始認識，人也不得不先使自己精神致病。啊啊，也是有人要在熟悉當中更去突進，在眼底download下來，先友後婚，然後同衾同穴，則他們為何需要陌生？

鐵道工人，或是工人，或是魔術師，但也可能是隔壁賣燒餅而不為人知的仙人。

之十四、在二〇一二無字第〇〇〇二五四號夢境

在二〇一二無字第〇〇〇二五四號夢境：

「與熱褥度予冷香
藥一丸
正欲飛昇　留頭
在頭
自語：斬卻殘顱輕舉，吧？
不然，猶有滯重可愛

冷香吐成拋物
也大化了
翻個身，我一哆嗦
夜涼」

之十五、循規蹈矩

說這樣好、那樣不妥。我們假意依循種種社會標準、價值、倫理……等，不過就是偷偷只為了不被社會逼死，以及取得稍微多一些的方便。然後也許我們可以因此掙得一點點點不被過度干擾的小小小小秘密空間，容得自己從容端詳、面對自己，放心地抱一抱自己，或不擔心人見地賞自己幾個巴掌，孤寂的。

不信隨便揀出自己說過的任何一句話，痛下心腦仔仔細細用一段時間好好反省看看其中純度如何。

之十六、悼文

來來去去也就有點兒牽扯，但扯動多大、多深可就不好說，總不很具體的。

好朋友就會是知音嗎？難說，有時這是兩回事。也有知音是仇敵的，是神交的，甚至只是路口擺麵攤的老頭兒。難說，難說。

很少知音是全面的，是也不必，要不那人就是自己了，鬼喔。

所以說有某些的知音，彼此也沒什麼承認，漠漠的像不識都有。

不過，那一絲神才看得見的彼此心照，細小得旁人不知不覺，卻也是彼此無心地偷偷永恆了。

之十七、空聲

想念，蟲鳴鳥叫。想念，是蟲鳴鳥叫。想念，只是蟲鳴鳥叫。想念，不只是蟲鳴鳥叫。想念，無不只是蟲鳴鳥叫。想念，怎無不只是蟲鳴鳥叫？想念，甯怎無不是蟲鳴鳥叫！

眼是空的，耳是空的，但闃闇無光的心裡布滿聲音。

之十八、迴聲

我幻想牆上掛著你的照片，幻想我在呼喚你，幻想相框是一扇窗。你聽到了？你穿窗而入，四下走動。你沒聽到？怎不過來？怎不看我？怎不答應？你不是……因我呼喚而來？你究竟在找什麼？你沒看見我在這，這有我？這兒只有我，不是麼？

雖然我已不開口說話逾二十多年，我幽閉在這小室中鎮日聽到我的迴音。

之十九、意識

看到霍然舉起的晨光，我的睡眠直接判敗。但我臥如沉睡，且醒如噩夢，猶想掙點浮眠遞補黑夜。日子寡頭，不稍由人思，不稍由人揀，不近人情，不知民瘼，過站不停。

你看，總是油漆未乾，沒個坐處。書寫的源頭是寂寞，寂寞是條公路，從不塞車。

之二十、因襲

過往的過往，感覺已像上輩子。今再相遇，此世自不能因襲上輩子的擁抱，畢竟已成隔世。但以擁抱而思及不能此，又何嘗不是因襲前世情而此？

之二十一、點線

如今步伐依舊渙散，也走了許多路，訪了多少村，每夜睡前的日誌還依舊瑣屑無味。攤開地圖，並未標識任一處，也幾乎指不出首途的起點。只有嗔、笑，和所有埋怨、種種叮嚀、每一隻捎來的新襪，還依舊鮮明。

我站在鏡前看自己還，依舊否？只是舊了，不依舊。

於是我想，一切都不會再依舊了吧？只好在深夜裡研究這經年不離身的無標識地圖，如果我能找回起點，那可不可以是我的終點？我啊，其實依舊在找尋，依舊啊。

之二十二、功

注心習了二十年劍術，只為將冰雹削成數千片六出雪花落地，而消融。

功行起，沐髮不握而乾。

這人臉似峻巖，髮鬢澈白垂練如瀑，看似有道，實僅微能悖時搓一握雪，復枕流蒸騰不濡巾。

之二十三、即使邪說

在沉溺與超拔間輪回，這才是欲念的真身。不會有永遠的沉溺，但沉溺多麼快樂。超拔，只是為了回還那疲敝之感，慢將仔細剝離老繭，重新脫胎粉嫩、易感、多感、無不感。輪回而，最終是極於超拔，死於超拔。欲念，即是生命的真身。我們為欲念而生，且死於最後的超拔，R.I.P.。

之二十四、至今

小時候住台北，是個舊社區公寓，屋子雖然老舊，總還是鋼筋水泥樓房。颱風的消息來了，根本對我們這些小孩子來說，就是節慶。整日計畫的，就是蠟燭、手電筒、收音機、存糧，還有，儲滿一缸水。跑進跑外督促父母買泡麵、餅干。颱風呼呼來了，比跨年還刺激地心裡默想著什麼時候停電。到一停電了，大夥兒哀聲一叫：「失電啊！」兩分驚訝，八分喜歡。點上了蠟燭，幽幽戚戚，一家聚著，多麼溫暖。收音機開著，嚓嚓作響，關心著彷彿不必關心的颱風動態。大家估著明天會不會淹水，其實就怕不淹水，颱風不淹水不就跟過年不放炮玩兒一樣無趣？可這也因為，我家在二樓。風一靜，就開始爭吵是颱風過境了，還是正在颱風眼，最後大家一致同意是正在颱風眼，以免節目過早結束。

災後新聞，我當時體會不出受災者的苦痛，只還緬懷自家燭光的溫煦。我們多少是如此殘忍地享著小小幸福、如此幼稚地活著的，至今。

之二十五、怎樣？

好笑的是，我們憚於世間的繁忙，但我們仍感無聊。而許多時候，連繁忙也變成一種無聊。不繁忙，就無聊；太繁忙，更無聊。

有沒有一種全然恰好的繁忙？除非當自己世界的上帝。

我們用著七日制、阿拉伯數字，不小心就忘了世界本來不是這樣、可以不是這樣。

於是，我們也不小心忘了自己本來不是這樣、可以不是這樣。

所以，本來是怎樣？可以是怎樣？

之二十六、獸

有一種物，他吸取你的精血與精魄長大、長成，然後變成你的獸。但當然你可能備有標本或蓄養贗品，以保持你無意義的健康。

之二十七、一篇任性且不可贊同的話

我知道生活必須且必把我吞吃，我還是向著他的大口前進，並有加速之嫌。我的舵，直指著他，無力轉動了。自我出生，舵軸開始慢慢生銹，於今我已無力。因為腳下不暫停毀壞，我只能選擇無盡的消陷或航向吞吃，再怎麼計慮，也只是邊前進邊無助。

那張吞人的大口，遠遠望去多燦爛，有盞盞的燈，有熱食香味隱隱飄出，頂上噴出一道清泉，還有淫靡的樂聲。多可笑啊，那是一張吞人的口，世人卻恨不能快快到達，以不能到達為憾。但我告訴你們，你們終會到達，或者被活吞，或著貢獻自己的殘屍，為食。多可笑啊，我明知如此，還假裝欣然，假裝不知老舵銹軸卡死，奮力划著槳。

之二十八、風格

畢卡索說：「風格是藝術家最大的敵人。」

這話非常警策。但是，一切的智慧語，價值都在於它的深度，而不在於它是公式，也不會有公式。自然，是沒有風格的。就表現上，造物，也是沒有風格的。因為包括了所有的風格，就不以風格限了。哲學家、藝術家所稱的善、美，都在表示著整全、無漏，因此，在藝術（哲學）的最高、最後階段，或追求終極的無始無終，都是拋棄風格的，入於大化的。

但除非正進在這一步，風格畢竟是人（藝術）在增長、增進時之所賴於立身。沒有風格，就沒有求道過程了。（說自己原來就是道的人不予討論）

之二十九、非問句

雖然現實多麼虛構，可是如果就時時緊盯著真相，是不是也活得很不真實？
會不會是一切虛構，就構成了難解的真實？
最後，所有自知、不自知的騙局，都揭穿了之後，才找到真實，原來是沒有的？
還有，是不是一定具備某些毫無現實感的問句，才能構築出穩妥堪用的虛構？

之三十、有些時候

有些時候，要先打大粗胚，從不知所云層層觀入，到蔚然成風。
有些時候，只是蘊釀與揮就這兩個漸頓的動作。
有些時候，也沒有什麼特定的前置，隨抓取隨入鍋，大火一翻即就，或文火熬出百味。
三法混搭的，也常有。

之三十一、靈光

不要去強求靈光，或打算幫靈光裝個開關，當靈光被養馴了，就蒼白了。

之三十二、重構中

我正往雨窩裡走，每站皆停的區間車才過兩站，車門一開，外面的嘩嘩雨聲已經完全把車廂內的嘈雜淹沒。聲音變得很清新，可是再過四十天，照這樣，我們都將漂流在汪洋中，尋找陸地。那時我們才會知道，其實我們一向都還沒找到。

之三十三、知言

要不是知道完全不會有用，我早就向全世界宣戰了。

但即使是這樣，掙走的每一步，豈有不是骨子裡滿滿、偷偷的抗議？

是為序。

月亮二毛六便士，二〇一三年，五月

目次

冬青草

又是春草二、三月

年年四月草

溽草猶滋五、六月

秋草九、十月

歸一

歸一道人精修元一大道，精於攝萬歸一之術，認為世間一切最貴為一，一切盡可攝於一，一可為一切。他的師父道號無規規，在歸一道成之前不小心於入定中坐化了，終局歸一以自悟之道羽化登仙。異化之後，歸一入於渺渺，東遊西行，總尋不到無規規，心思：「我道自悟，又何必求師印可？」

歲歲無事，又無職司，一日，在黃山雲端遇地行仙元魏許愷巡職，相談之下，歸一被薦入了天廷祿命司補了「辦事」一職。一回，福建陳某福祿已盡，命當於此年受饑而死，歸一驚呼：「啊呀，此人有舊。」於是向上司祿命司司命求情，司命表示，天心難回，但上帝特許，准可多施米飯一碗，延斃數日。歸一即說：「諾，當以一碗米飯施之。」陰以仙品清腸稻一粒放置碗內，自送去陳某處。陳某食此一粒充腸，竟數年不饑，未如時死。上帝知道了此事，責問歸一，歸一說：「實是施一碗米飯。」上帝微怒，說：「一粒稻米置於碗中，那還是叫做一粒米，你硬要說這也是一碗飯，那也只好由得你。」

司命請歸一另謀高就，歸一左晃右晃到了甘露司，司雨令他掌理漢中之地降雨。當時天心漢中當旱不雨，但萬民設壇日日泣血求雨，上帝又微不忍，即命司雨給雨微量，稍潤民腸。歸一心想，至微為一，便取天水，擲下一滴。上帝本是拉長天耳，癡心等著聽到萬民歡籟，欣喜感激的「下雨了」呼聲。沒想到一滴水落到了祈雨壇上之後，沒了下文，間了些時，噓聲四起，萬民同怨上蒼，都說：「老悖了不是？下個雨也不成雨樣，老天爺，你不會做天，你不要做天了吧！」這又弄得上帝不快，司雨瞪眼趕人：「天掉一滴水就能叫下雨？」歸一自覺委屈：「一滴雨能不是雨？」

歸一在天廷的最後一個職司是天南將軍府司員，掌管地行仙上求天兵之事。那時黃山白髮妖肆虐人間，妖窩裡嘯聚千餘屍妖禍烈一方，仙人許愷上告天廷求兵將一隊靖妖，上帝應許，交辦天南將軍，將軍命歸一速撥天兵一隊前往用命。結果，這個守一的歸一竟只派出天兵一員，導致白髮妖雖除，而千妖競散，時值民國初年，軍閥興盛。

這下紕漏扯大了，但大家也都猜到歸一的辯詞了：「一員兵為什麼不可以是一隊兵？」

上帝嫌歸一連人話都不會說，罰他投胎當一匹馬。司命、司雨、天南將軍幾個老上司來給歸一送行，還放個交情洩露點天機給他：「夥計，偷偷說與你知，三年後你投生之地將要大旱，地乾得冒不出草，你們這群馬匹不餓死是辦不到的了。你記住，屆時往乾旱來的西邊走，見一座牛角形的枯山，儘走，山後面可藏著一座草原哪！這算是咱們哥兒們一場，合送你的一份禮啊，你要盡情享用。」

乾旱果然慘烈，歸一這匹三歲的馬，餓扁肚皮蹭瘸了腿，萬般辛苦獨個兒拉著剩下的半條命，找到了那「一座草原」，可惜那「一座草原」就是這麼可憐的一根完整的草。

空虛大師傳

杜安教授一生學術成就無愧於名位，單身以歿。

在另一個世界裡，微亂短髮、刀削臉、狗公腰的杜安，是夜店傳奇人物，把妹的大師級玩家，道上稱他「種馬杜哥哥」。學生時代就出道的杜安，把妹一貫的說詞是：「讀書太容易了……，幾位教授都說要收我入門，但我快樂嗎？生活只剩下學術、榮耀，還有……哼，光明的前途，我只覺得我過的日子沒有血肉，只有空虛，只有空虛，但我好像只能這樣下去，唉……。」學業有成的中年杜安有修訂版：「半輩子以來，就是讀書研究，成就不能說沒有一點，可是好空虛啊，真的好空虛，我這樣一個人走到這年紀，沒有笑、沒有淚，有時想想，真願意重來一回，不要埋首書堆，可以和人一起笑、一起哭，唉……。」老年版杜安語錄則是：「我是個大學者嗎？其實我是個死者，一個有那麼一點兒名望的死人罷啦，一輩子做學問，好像只為了證明人生的空虛，當然我不該對年輕人講這種話。藉著這一杯酒，小妹妹，我要謝謝你肯聽我這些沒處訴說的一點心裡話。但是，我們還是聊點別的吧……，唉。」

杜安教授的葬禮備極哀榮，是學術界的一件大事。跟過往著名學者的告別式比較不同的是，出席行禮的女士特別多，其中許多陌生的姣好臉孔，顯然不是學術界中人。我想，這不但是杜教授告別式，同時也確實舉行了杜哥哥告別式，像平行宇宙。

杜安含笑而去，遺言只有一句話：「這一生，我算是充實無虛。」

為了愛

跟著，貓咪抓來了幾片先夫魂碎子攤在她的床沿，加上早一刻叼來先情夫的魂破片，可湊成半個魂了。

她說：「咪咪，媽媽不吃這個，乖啊。」貓咪咪嗚咪嗚地摩蹭了她一會兒，自跑走了。

過一天，貓咪又抓了一堆魂零碎來，逗上床沿掃不掉的魂綴子，都夠補一張整的百衲魂了。她嘆了口氣，枕邊人果然氣絕。她抱起柔順乖巧的貓咪，說：「咪咪乖，媽媽答應以後只愛你一個。」淌了一整天淚。

婦人屋後竹林裡給野狗刨出了斷肢，才案發了近一年來及數日前附近失蹤的三口人，當然，包括她的先夫。但詳細勘驗屍首之後，卻沒辦法進一步追查案情，遠的難以辨識就不說了，近的兩具，顯然是被狐、犬、貓之類的小獸抓咬要害致死。

婦人雖然涉嫌，但只憑獸爪咬痕，實在做不出推論。幸好寡婦從此逗養著貓咪獨自過活，不再納男人，類似案件也就不再發生了。

自用作家

他讀了七千多部小說之後，不讀了。他當然知道世間還有很多小說還沒看過，但讀到近千部小說時已經深覺是迴圈了，再好的，好不到哪兒去；更差的，多差都有。但畢竟多讀了六千多部，一再驗證……煩透了。偶能在目前跳出的新味，也不在自己想像之外。他總之，不讀了。

他開始自己寫小說，寫也只是為了讀小說的樂趣。於是他的寫小說也就是他在讀小說，他用自己的筆讀他最喜歡的小說。

他是作家嗎？不重要，但他是自己的作家，他是他最喜歡的作家之一，不在於他一定寫得最好，但他是最能迎合他的，這總是確實。

為了愛讀小說，他只能常常寫，不然就須斷讀。

可憐啊！這不是自慰？他何嘗不想有個伴侶獲得正常的互相慰藉？不過也不要可憐他了，他有他寫小說給他看，他寫的小說也有他看，這就一個大周天了。

仁仔

仁仔早上上工前吃了兩個漢堡，第二餐則可能是晚上十一點下工之後。工作時他很專心，也不是真的毫無閒暇吃個中餐、晚餐，但搶工搶效下，沒這個心思就是了。他常說：「咱是個手藝人嘛，下手輕忽、不專心，您說，這工藝還能造出個水平嗎？」

仁仔愛說自己是手藝人，但其實自七年前出師之後，作品產出不少，可以說是本土最年輕就被承認的雕塑家了。當然，這得拿命來換，不是等閒可致。

仁仔的作品題材很多，姿態、技巧也驚人地多變，在藝壇裡已有鬼才之譽，但他自己私下，如在臥房裡、廁所裡，總愛稱自己「雕神」，說穿了他有點精神異常。在自卑當中花了別人八倍時間、八倍精神苦學的仁仔，出道後果然功夫一流，雖然在廁所裡那麼自我感動地稱自己「雕神」，但他永遠在爭奪一個想法：我這神之手，究是苦心硬奪來的，還是本生的神手？

仁仔現在是意氣風發了，說真的，成就不小，前途有據。可獨一個他的哥哥擔心他，仁仔他哥閒時也能雕刻兩下，卻只是遊戲之作，本行走的是靈修，仁仔都笑說他哥是神棍，但兄弟倆互相了解、敬重。他哥也可能是最了解仁仔雕刻藝術的藝評者，雖然不是業界中人。

他哥知道，仁仔所有作品儘管取材、表現的層面相當豐富，其實只是不斷地摹塑各種變形的自己，沒有自己之外，也沒有自己與世界的融合。換言之，仁仔的一切作品最深的意義就是「自己」，也都可以命名為「自己」。

但毛病不在這裡，「自傳型」的藝術家歷來很多，可是仁仔看不見鏡中的自己，他只能在自己腦海裡呈現自己。這到底好不好？也很難說，也許一個純粹的藝術家就可能是純然的病態吧。或者說，這也是某一型的藝術家。

「藝術品是個自己獨立的生命，就像母親生了小孩，小孩就是個脫離母體的完整自足的生命了。」這是仁仔他哥近年來常對仁仔提出討論的觀念。因為，這兩年來，仁仔病情加重了，多次看到自己昔時得意的作品，以為作品本身開始自我表現，不盡同於仁仔自己的意志，而焦躁不已，說他的作品「背叛了」。

你知道，外界看到的飽含自信的仁仔，其實有更多的卑情傷處。

寂寞高手

江、淮之地的武林人物不少，人稱「雙風劍」的舒狻定大俠可說是頂尖的第二把手了。天下英傑中，舒狻定行三的「江淮三英」也能算是頂大的一份兒。結義三英中，老大「金鞭」高露潔最得江湖敬重，舒狻定雖說武功尚勝大哥兩籌，見面嘴裡可不敢不稱「是」。老二「狂斬」歐樂逼的情況跟舒狻定差不多，但一手「狂斬三十六刀」獨步江湖，江、淮地面允稱第一，比舒狻定遍無敵手的「打風車劍」還要狂險半籌。

舒狻定年紀尚輕，高露潔與歐樂逼年歲都還大他一輪，實在說來，舒狻定的江湖志業已然成就極高，甚且是空前了。可這兩年舒狻定活得很不快意、很愁苦。當初結義，三條光棍都深覺男兒義氣為先，連袂削砍世間不平，路死路埋，方不負一身絕學。沒料到前回與各派聯手剿滅邪惡的天威堡一役，公認的武林三嬌全來參與，役竟，首嬌銀月鞭潘婷和老大高露潔、二嬌流絮刀沙宣和二哥歐樂逼，整整湊成兩對武林佳話。三嬌無影劍飛柔卻在天威堡滅後即刻告辭，可是偏偏舒狻定也愛上了飛柔。

這二年來，舒狻定到處尋找飛柔芳蹤，有時見到了，飛柔總匆匆託辭而走。飛柔人如其名，輕功舉世無雙，舒狻定只覺滿口酸苦往肚裡吞，論身，追也追不上；論心，追也追不上。他是一個寂寞高手。

一向行事正直的舒狻定苦情江湖二載有餘，終於狂性大發。一次，在絕壁中困死了飛柔，用強。舒狻定雙臂緊揪住飛柔瘦嫩的雙肩，飛柔也止住了掙扎，說：「你不用這樣，我喜歡你，你……我也不會怪你。我一直躲著你，是因為我想……你自己不一定是喜歡我的。都是為了三英、三嬌的愚蠢佳話，不是嗎？你先好好問問自己吧，我……不會反抗了。」舒狻定頹然放手，掩面逃去。

在莽莽江湖中，舒狻定沒有一刻停止探問自己，其實他一直有答案，只是不能不自疑罷了。後來，飛柔被邪人白髮老妖毛月子三掌劈死，只為了飛柔死命保護一個行人的一盒金珠。

舒狻定處置了毛月子之後，隱身江湖，每年忌辰則到飛柔的埋骨處墮淚、訴情。老來武功早已遠勝二哥歐樂逼的他，都多久不再尋覓敵手了，遂成為武林傳說中的寂寞第一高手。

十年

吉祥獨個兒在草坌破屋裡過了十年，要不是改嫁給秦大夫的娘時時帶著小幼弟義弟來給捎東捎西，憑著吉祥到處幫打農務短工，或許早也餓死了。

吉祥硬氣，說死了也要守著死了爹的家窩，以後再讓這一角地興旺起來，娘幾回哭求吉祥住到秦家，只是不得。吉祥最疼愛的義弟哭求也不成，吉祥告訴義弟，說把爹也分給他只是傻話。

吉祥十年的孤寒歲月沒有白過，不但苦日子熬成了精瘦耐勞的身架子，還要義弟時時從家裡帶些醫書給他讀，就這樣，讀了一肚子不通的醫理，倒也粗知藥性。每到夜裡，吉祥總要拿出一個木盒子抱著苦苦思索，盒裡裝的是當初老爹吃死剩下的藥。吉祥其實研不透這藥方兒有沒有鬼，什麼十八反、十八畏背了許多，還終是推敲不出什麼名堂。

吉祥記得爹死時灰敗的臉色，一臉透著不甘。才過百日，醫死爹的秦大夫就打發一乘轎子來把娘給抬走了，半道上吉祥把勒著他的秦重老蒼頭咬下一塊肘肉，逃了回家。

此後，秦重每在道上見著吉祥總氣咻咻的諷罵一番，說什麼吉祥的爹是癩狗偷食龍肝脯，死得活該，還留下孽種，也是癩狗一隻，咬下他秦爺一塊上好肘子肉，十年餓不死……。這些還好，不過就是罵街，郊野裡的大叔嬸兒謔得更離譜的還有得是。令吉祥疑忿之心大起的是另一段話：「臭小狗，你那死鬼爹的命就是這樣，你認了吧。秦大夫醫術是通了神了，要人死、要人活，簡便！臭老狗福薄命賤，你臭小狗也給爺好生當心活著。」

十五歲，吉祥把秦重捅死在菜地裡，拖著棒棍、腰插兩把殺豬刀血紅著眼衝進城中老舖「一仁堂」，刺死了秦大夫跟疼愛的小義弟，自到衙裡出首，判了個斬監候。

娘始終沒到牢裡探看吉祥，秋天，娘卻還是到法場收屍，一身縞素。

烤鬼記

當時我還是個高中輟學的小伙子，和幾個也不愛讀書的男女同伴到山裡遊玩。晚上在溪邊生起篝火，燒烤著來時路上購買的食材。

一個挽著髻的道爺從暗裡走出來，到火邊，卸下了竹麓、布囊等一身的背負，說道：「列位小哥、姐兒請了，貧道來得魯莽，但十里不見煙火，遊方只好隨靠四方，小哥可能行個方便，捨貧道一把薪火？」

大夥兒全傻了，不知道爺說些什麼。我膽大些，問道爺：「你是要烤火嗎？和我們一起吧，肉啊麵包我們帶得不少。」

道爺抱手稽首說：「多謝你，小哥，貧道修的不是火居，不食眾生肉。」當時我只約略聽懂他不吃肉，他又說：「只是借一把火儘夠了。」這句話我們可都完全聽懂了。

道爺趺坐，持著一雙桃木筷伸進身前乾坤袋中，夾了一隻鬼魂，送到火上烤得吡溜溜鬼叫。我忍不住喊起來：「道爺，你吃這個？」

道爺哈哈笑了一陣，說：「說些你懂的吧。這些傢伙見不得陽光，幹不得正事，儘只在夜裡到處亂晃，吸吸露水，聊些鬼話，陰溼之氣積久了，一肚子壞水。貧道來這兒將他們烤烤火，還有救沒有，就不知道了。」

多年後我又回頭讀書，說不上確切是為了什麼，可多少也是想起了那一夜的際遇之故吧，我猜。

相爭

兩個海員，賴留農、皮聲窗這一對伙友深夜在維多利亞港一間小酒吧內互毆，從店裡打到店外，一個打殘了手，一個蹬瘸了腿，只為了一張假的寶藏圖。

醫院裡為免再生意外，特別將他們分在不同病房住院治療。賴留農向他同病房的病友抱怨：「這個皮聲窗最不夠朋友了，自私得很，明明知道藏寶圖是假的，能跟我爭成這樣！我也不是搶了他妹子了，是不是？為了一張沒用的假圖打折了我的手，可不可惡？這傢伙……壞得不止皮生瘡了，我看他心也長滿惡瘡。」

皮聲窗則對病友如此訴苦：「算我瞎了眼，這個賴留農啊，活該留在鄉下啃土，一點兒都沒有海上男兒的豪氣，虧我還當他是兄弟呢！那張藏寶圖是假的，去年我們還撿到同樣的一張呢。可你猜怎麼著？為了一張假圖他跟我搶破頭，竟然下得了狠手敲斷我的腿！我操他姐的……，要是我硬操他姐，他這樣揍我，我也沒話說，是不是？這個賴留農啊，也不只是個癩子流膿了，都壞到骨髓發膿了，是不是？」

雙方病友聽了都覺得怪，問了他們同樣的問題：「彼此都知道是假圖，還何必爭？」他們的回答也差不多：「是真的就不用爭了，有我的就有他的，這不是一個人幹得成的事，不是嗎？」

大家又追問：「假的，爭到手又有什麼用呢？讓給對方不就沒事了？」兩個人的回答還是一樣：「我就看他是不是當我是兄弟！」

聽到的人都笑他們傻，你也是，對嗎？

至於大家都忽略的那張假藏寶圖，至今還在世界的某處流傳著。

大隱

豬標這名字不大好聽，不過本名朱一標也不能就說是動聽，鄉裡人叫慣他豬標，他，本就是庄腳人嘛。

豬標家裡有些薄產，在阿爸手上抓得很緊，所以儘管豬標匪類了一、二十年，家裡倒還不用愁吃穿。豬標討了媳婦，也是庄腳女人，生了倆孩子，看這一生會不會就這樣過完。

豬標一過了三十，忽然發癲中邪，說要讀大學。其實這話他並不敢跟人講，只和他媳婦在夜深人靜時偷偷商量過。豬標說：「這兩年，我有自己讀些冊，真有趣味。」媳婦笑他想太多。

有時候是做完愛，有時候是做到一半頹然了，像有心事。媳婦輕輕埋怨他「沒路用」，豬標不服，專心做愛，又把媳婦搞到「不要不要了」。豬標說：「做事業我也沒趣味，阿爸也不會給我本錢。吃投路，咱厝裡也免啊，我這樣過一世人，每天呷飽閒閒，晚上就相幹，甘沒像一隻種豬？」

反正讀書不是壞事，頂多只是傻事，又花不了多少錢，媳婦也就不反對了。豬標是高中畢業的，自己讀書別的也看不懂，就要看中文書，一些文章什麼的。於是白天少出去閒晃喝酒了，就是讀些書；晚上也較少做愛，夜裡讀書就猛烈些。三、兩年一過，竟然給豬標考到了個中文系，不過是推廣進修部，要求寬鬆些。

上了學，豬標很低調，入夜以後雖不在家，卻也不會過了夜半才回家，除了媳婦之外，大家都覺得他豬標每天出去匪類也不是什麼怪事。安然讀完五年課業，居然成績優異畢業，兩、三個老師勸他可考慮讀碩士班繼續進修，他婉拒了。豬標說他一個庄腳人書讀多了也沒用，他也還是想繼續做個庄腳人。

這一輩子，除了媳婦，鄉裡無人知道這個大學畢業生跟他們相處了一世。豬標沒什麼變化，就是常常愛看看書，談吐一樣很草根，依然像他夜裡做愛一樣狂野，但媳婦可知道得很，單獨相對時，他變成了個打心底到外的斯文人，並且也教她讀點書了。

豬標夫人是我遠房阿姨，去年豬標姨丈死後，阿姨私下把豬標姨丈的大學畢業證書拿給我看過。我因此記上一筆。

學案

兩門課中間的空堂像蛀牙，不美地缺在那邊，連開冷氣也會漏風。

教員是只寄居蟹，熱天裡想偷別人屋裡的冷氣，另外一個別人就進來了，說要節能減碳。

教員把冷氣關掉後，在來人出去後，放了個屁，自語：「他們怎麼不去發明隨身回收人體瓦斯的裝備？然後規定教員必須配帶入校，出校門時繳回一切所放之屁……。」

空堂之後要上另一門課，教員就說了：「同學們，現在我們開始按照課表進行規定的兩個鐘頭耗能排碳。」

同學說：「好熱，老師，可以開冷氣嗎？」教員說：「老師沒有權力開冷氣的。」同學鼓躁起來，擾攘了二十幾秒鐘，教員又說了：「你們這樣，排碳量大增，會超過二小時應排碳量的標準值，看來我們只好提前十分鐘下課了。畢竟節能減碳是這個時代不容侵犯的價值！」

於是學生叫好，一天課又順利結束了。

界域

黑娃帶回了一條骨架粗大的瘦黃狗乾子，瞧牠多可憐，渾身不見膘、不長肉，毛皮禿到像塊黃土裂子，不叫不吭，似乎也啞了。

黑娃她爹見了搖頭歎息：「這還能活麼？」黑娃腳板半離地，短小的雙臂抱掛在黃狗乾子的一側禿脖鬃上，哭說：「可以的，可以的，給牠吃肉，給牠吃肉嘛。」她娘抱起了黑娃拍，哄道：「好，好，咱們肉有得是，叫牠吃胖了變成草原裡最神氣的大狗子，每天陪黑娃玩，好麼？」

消息傳開後，草原上的牧人們便不大來這一家子營帳拜訪，而且頗多議論：「怨不得人說養虎貽患，要說這話不近情理，哪有人真會養個大蟲呢？就說是王公貴人愛養豹子，也是鐵鍊好好栓著呢。黑娃是個孩子，不曉事也罷了，怪在她爹娘竟也任她小孩兒把獅子當大狗養！這樣不久，獅子養出了力氣，這一家子還有不玩完的嗎？大伙兒可得當心啦，別近了去，沒的被當點心啖了。」

也有人說：「黑娃一家子人好，沒一個不說他們和善。雖說為爹為娘的兩口子糊塗傻氣，說不明白事理，可這大家伙難道都不管他們呆頭呆腦自往死裡走，就要等著去收他們三口人獅口下的骸骨？」於是草原上一群善良的精壯刀弓帶滿，結隊去訪黑娃一家了。

沒有結果，黑娃爹娘笑著堅稱，一條大黃狗子有什麼顧忌？怎麼會是獅子？獅子見了黑娃還有不一口就吞掉的麼？黑娃撫著黃瘦子已稍稍粗長的頭鬃子，叫牠「黃胖子」，正嬉鬧呢。

這頭大黃狗子好好養了兩個月身之後，果然略見雄獅身型，也越來越野，不愛理人。連黑娃爹娘都近不得身，終於不得不承認：「原來真是一頭獅子啊！」爹娘不敢再要這頭獅子，這回黑娃哭昏了也不成。

自此，獅子自在地遊於草原，卻總在黑娃家的牧地近處，這一來，不但草原上的劇盜不靠向黑娃家，也再沒牧人敢再來拜訪了。獅子也沒再找到母獅獵獲，餓了什麼都吃，黑娃家的牛羊只得隨牠擄掠。

唯有見了黑娃，黃胖子會在草地上打滾。

馬趴

從小摔跌多了，「馬趴」遂成了他的綽號。但是馬趴除了一天到晚手腳骨裂傷外，人生是很順利的，名校畢業後即入銀行工作，四十多歲已是金控公司的高階主管了，參與決策。公司在他一份努力下，每年、每天都賺了很多錢、太多錢、多得讓人牙根發癢的錢。

馬趴人生幸福，到處受人尊重，也很「文化」，也是常捐款的名人。雖然有時下車馬趴，但司機會直接將他撈起，不會真的碰到地上，這種反應跟身手是馬趴任用司機的基本條件之一。隨身的秘書就沒法兒這樣了，馬趴嫌跟班用男人不好看，像保鏢，但女人哪兒去找能力挽於既倒的好手？粗壯或不夠秀美的又不成。馬趴理想中的祕書，其實是武俠小說中那種什麼武林第一美女女俠之類的，其實：「就第八美女我也滿意了。」

因此上，馬趴在進出電梯，在上台講話，甚至上台領獎、頒獎，在人體直立的許多時刻，還是常常馬趴，很無奈。「馬趴先生徵女祕書」成了金融界裡長期的掩口話題。

可沒想到就這麼點願望也給馬趴遂了。女祕書應徵時明白表示，她那腦筋計算不行的貧窮父親為了栽培她，最後成了眾多燒炭自殺的卡奴之一，挑釁地問馬趴：「你敢用我嗎？」馬趴對她滿意極了，廿七、八歲，苗條美麗，氣質出眾，身手還不輸給特勤隊出身的司機，這是寶啊！亮著全市的LED燈也找不到。「這都武林第一美女了！」馬趴怎麼願意放棄？給了她預定高薪的三倍薪資訂下了，條件是要簽五年約。

從此，馬趴還是馬趴，除了腳底，倒跟地面絕緣了，到死之前。

馬趴喜歡爬山，那是學生時代起養成的習慣，就為了治馬趴，雖然也沒能治好。平日爬山馬趴都帶著司機隨行，後來當然不要司機，改帶女祕書。最後一個大馬趴獨自趴在崖底，大家都說，一個馬趴不停的人誰叫他還愛爬山？警方當然要調查一番，最後宣佈：「純屬意外。」

而女俠，繼續在金融業界求職。

守節

「娘，別說了。這妮子情願守著死漢子，不要咱們了，還巴望立個貞節牌坊麼？您啊，徒留何益？就當沒有過這女兒好啦，兒子窮雖窮，攢不了多幾箇，一口稀粥平裡分，總不教咱娘兒倆餓死就是了。」虎子拉著娘，娘卻還不願走：「我再跟鳳兒說說……。」娘還直扯著鳳兒袖子不放。

虎子沒真要拉他娘走，鳳兒只得求告：「求您了，娘。自我娘死後，爹娶了您，帶來了虎弟，爹也死了，打小我什麼事都依您，依著虎弟，不是麼？當初您把我六十兩聘給了趕驢販糧的崔小漢，崔小漢都六十了，兒我自認命薄，不敢說個不字。一年多的日子就這麼淌過了，崔小漢雖沒出息，待我倒是好的。如今他販糧在外，發了病遭了劫，客死異鄉，屍骨未寒哪，不滿百日哪……。」

她娘說：「別說娘待你不好，凡事要你讓著虎子是為你好，知忍知讓，往後公婆疼哪，是不是？這回替你說的親可真夠好，盧老闆都七十多啦，早年看上你不好意思說，娘要知道了還輪得到苦哈哈的崔小漢？這幾日盧老闆親來說了，說他等不得日子了，要你過門去享福，娘是為你好，你怎麼說？」

「娘，崔小漢待鳳兒好啊，您讓女兒回家，我……要替他守……。」虎子聽了跳腳：「守？守個死鳥？依我看，這老鬼生前就耕不動你，死了還任著肥田荒掉？」

「虎弟……。」鳳兒自小被虎子兇慣了，不敢回嘴。娘一再勸說，鳳兒終於垂著首囁嚅：「我……有了……。」

虎子娘兒倆聽了瞠大眼睛，呆了半晌，最後是虎子說：「那別再嫁了，回家好好把孩子生了吧。往後，我好生找個活兒幹，積攢積攢就是了。」

鳳兒始終低著頭，虎子他娘更覺驚奇了，放掉鳳兒袖子，改抓虎子手臂：「虎子，你這……。」虎子張口咬斷娘的話語，只說：「這事就這樣辦，娘您就別再說了，盧老闆那兒，我去回掉。要不，難不成真要賣女兒……賣孫兒？」

瀆神

他，在他是一隻蝴蝶的時候，他憶起他醒來前做的夢，夢中他是個名叫莊周的人。他，這蝴蝶一睡了，就變身為一個人了，他憶起他醒來之前做的夢，夢中他是一隻沒有名字的蝴蝶。

以上這個故事大家都知道，到底是誰夢誰？其實沒有，你聽過冬蟲夏草吧？就是這麼一回事。這裡只有一個問題，他，他死的時候，是正在蝴蝶之身？還是莊周之身？

我為什麼知道這種情形，並產生這種疑問呢？問得好，因為我發覺我近來的存在，像他，蝴蝶或莊周般地交替活著。並且我還沒死，不知道會在哪個交替的一邊死掉。這一邊稍微明白這一邊的死，雖也不是太清楚，但完全不明白那一邊的死是如何，反之，一樣。

但和蝴蝶、莊周不一樣。我是人時，憶起剛才夢見我是神，夢中那個是我的神不斷想著「我剛剛竟然夢到我是一個人，這個是我的人還夢著現在的我」，再下去就模糊了。睡一覺起來，還是一樣的夢，近來每睡必為此夢。

於是我想，人跟神，總比蝴蝶跟莊周之間容易溝通，我在睡前便寫了一張紙條：「我是人，夢見我是神。」照舊做了同樣的夢醒來後，夢中那個是我的神在紙條上補的一句：「我是神，夢見我是人。」就清清楚楚字跡在紙上。一連幾次，同樣的句子順序填滿一張紙。於是我得到如冬蟲夏草交替存活的結論。

上個月，我不小心將這秘密告訴了總是善待我這獨居人的房東，房東硬要帶我去看病，我說，我沒病。

現在我是一個悲慘的人，在牢居式的精神病院裡獨自研究「人死如何？」「神死如何？」這艱難的課題。

他們說我嚴重睡眠不足，再這樣下去會崩潰。又叫我寫日記，我就寫了這篇。但我知道，他們也叫那個是我的神寫日記，這真不敬！我如何知道他們瀆神？神在我的床墊下偷偷地、潦草地寫下祂的遭遇予我知。

這是一個不信神的年代！

玩

夜裡的續攤，幾個大學生在外省包子店裡打算吃他個肥滿，再回宿舍睏他個肥滿。明天週日，煩人的老師不在校，功課啦、作業啦、工讀交辦的事項啦，該停擺的、不該停擺的，一律全給擱下。大學生嘛，好玩兒就好。

包子店裡老文他們笑談些什麼？不外是研究所考試、學妹啦，總之就是一些夢想、妄想，小恩學長說：「學弟，你也差不多一點啊，剛交女朋友，還談別的學妹？」這會兒學妹女友正替老文到老闆鍋檯那兒討辣椒醬呢。老文吃吃笑說：「什麼肛交？我沒那麼開放。」大學生嘴就這麼賤，沒法兒。小恩聽了老文一嗆，噎住了，脹得一臉紅淨。女友拿了醬回來，一見就說：「你們在聊什麼啊？一個傻笑，一個粗紅臉。」老文說：「沒呢，在……背詩。」

老文清了清喉嚨，吟道：「蜀道難，難於上青山……。」正愣著想下句呢，學妹女友也愣了：「青山？」好奇怪啊，老文學長明明是才子，還那麼會寫詩，他……醉了嗎？

那頭小恩喝了兩口紅茶，順氣了，看著老文他學妹女友說：「看學弟如此，有點悲傷。」學妹點點頭，看著也是才子的小恩學長眼神就不同了。總是，以前學妹的眼睛只會黏住老文啊。

老文一看勢頭不對，急忙說：「不是青山，不是青山，一時口誤，是……冰山？」

小恩說：「冰山？那不是蜀道吧？你到北極啦？哈哈。」學妹也跟著一直笑，這下換老文整臉抹紅了。

學妹遞了個包子給老文，說：「給你個提示，包龍圖包大人……。」又望著小恩兩人對笑著。

老文心裡苦澀極了，其實老文真是才子，怎麼會不知「青天」？先是逗他們玩兒的，沒想情形不對，正好試探試探他們倆，沒想竟擦出靜電，弄個假，卻無中顯了點兒真了。看來女人心還真的是「難於上青天」啊。

老文覺得這時再揭破自己逗起的隱哏也沒意思了，世界一切都變了，只是因為這樣擦出微小的電火，這樣一點點無意中的小小試探跟玩弄。

鬼祟

剛剛我到樓下去，想到對面的便利商店買買看有沒花生。電梯間裡陰光幽慘，我好怕遇到鬼，於是不敢旁視，不敢看電梯裡的鏡子，還盡力抑制腦海裡的胡想。

進了明亮的便利商店，我的心就安了，這裡絕不像有鬼。不過我沒看見我暗戀的女店員，啊，對了，現在是大夜班，只有臭男生才當班啊。雖然沒有鬼，但我真失望。我好想念她啊，她真的好漂亮的呀。

要上樓回家，又要經過陰慘的電梯間，真的有點可怕啊。電梯來了，她竟跟著我進了電梯！剛才我一直沒發覺身後有人哪。咦，咦，是我暗戀的女店員啊！我馬上跟她搭訕：「你也住這棟樓呀？」

她只是輕輕笑說：「是呀。」我高興，她對我笑耶。

我家樓層到了，我多麼依依不捨，想裝著住在更高樓層……，就是多看她幾秒也好。但她出電梯了！不會吧？跟我住同一層樓？我只好跟著走出電梯。

更怪的是，她掏出鑰匙正在開我家的門！見鬼了！

我跟著她進了我家的門，好怪，真的好怪。

她把門掩上，回身抱住我……熱吻。我愛她呀，都暗戀多久了，於是我們毫無顧忌地擁吻個不停。

她喘息地在我耳邊說：「我們……出櫃吧！你再一直裝著不認識我，遲早有一天會瘋掉，我也會瘋掉！」

這好嗎？我還不知道……。

魘

原想按時睡覺，邊聽音樂邊想心事忘了睡，覺得太無聊就胡扯些小故事，天亮之前，竟也寫了四篇。這個人的筆會不會太閒？這個人的心會不會太亂？這個人的腦筋會不會太怪？他是作家嗎？像也不是，他只是個業餘的吹牛者。

他都想些什麼心事？不就是關於老去、關於事無所成、關於孤單寂寞、關於女人、關於不努力、關於他不知道的一些他的擔心憂慮？

他剛才去洗了個澡，鏡子不聽他的話，鏡子裡的自己做自己的事。他把衣服剝光了，熱水打開，鏡子裡的他卻穿上了長袍。他開始沖濕長髮，搓揉進洗髮精，鏡子裡的他卻開始打辮子。他洗了頭開始洗臉、洗身體，鏡子裡的他卻拉著他的女人在樹蔭遮蔽的道上散步。那女人，多年輕！是他廿多歲時的女友，勾著鏡子裡的他的臂，一直走去，還回頭對鏡子外的他一笑。他繼續搓洗身體，鏡子裡消失的人影又出現，鏡子裡的他這次牽著另一個她的手，多年輕！她小他十六歲，他的表情卻像洗髮精滲進了眼，忍不住淚，但帶著笑。他把臉上的皂沫沖掉，重新張開眼，鏡子裡出現現在正看著鏡子的自己，一臉破舊。鏡子裡的他惱怒地指著他說話了：

「你整夜不睡做啥？不讓人休息的嗎？我扮你，扮得多勞累啊！」

他回說：「嫌累你可以不出現啊，我並不真的想看見我自己。」鏡子裡的他冷笑一聲，真的化淡消失了。

於是他洗完澡出來，自己覺得自己精神有問題，但是，能看不見自己，還真好。他又開始吹牛一個關於自己的故事，那就是這夜裡的第五篇了。他想，吹牛也不要緊，不會再有鏡子裡的他來指責自己了吧？

但他忽然很想再看看他久已不見、久已無從見的以前女友，又跑去鏡子前面探看。

可是，終究只看到一個探看自己的無言的自己。

火山

史班和他的同伴們在毒氣區工作，採硫磺礦。到達火山礦區的道路崎嶇而危險，一個腳滑便可以跌到三百公尺深的火山口慘死。到了礦區，先以管子透入地層，讓高達攝氏六百六十多度的硫磺氣噴出，一管管的邪黃濃煙從地底湧出，整個硫磺礦區裡充滿著致命的二氧化硫，有如地獄。史班和他的同伴們只以一條毛巾為盾，他們不知道，他們每天的工作都在向死神挑釁。噴口旁漸漸凝結冷卻的硫磺岩塊，這就是史班和他的同伴們採集的對象。他們用尖頭的鐵杵子擊破硫磺岩塊，擺到竹簍子裡，一根擔子繫兩簍，大約一次可得七、八十公斤。

史班下了山在中繼站，秤了今天的礦獲，約是七十公斤，得錢六百二十盾（約是新台幣二元）。史班心裡盤算著一些事走了回家，今天的飯菜不錯，兩個小孩在屋外嬉鬧，女人也乖巧。老實說，史班一家每天都能吃飽，還存了一點錢，日子過得算是不錯。但近日來晚間的夫妻齟齬總免不了。史班對著屋外的黑沉說：「我要辭工是為了能多陪你、多陪孩子幾年，你怎麼不懂？今年我都三十歲了呀。」女人說：「我知道你採硫磺很辛苦，可是不做這個，做什麼工作還能讓一家吃飽呢？」

史班又沉默了，這半年來的夜晚總是這樣度過。

女人還在喋喋不休：「我知道你在擔心什麼，但那是命啊，爸爸三十七歲死了，哥哥三十五歲死了，那是命啊。雇主不是都請德國醫生來給你們定期檢查身體嗎？他說，硫磺氣對肺很好，德國醫生說的，不會有問題的。」

史班疲累地抹著自己一張黧黑未老先衰的臉，無語地吐出了一顆牙，他只剩八顆牙了，也就更不想再說些什麼了。

懸案

小孩斑馬線走不到一半，已換紅燈。轎車在路口二十多公尺處看到燈號轉為綠燈，待發現小跑中的小孩，雖然緊急煞車，仍將小孩撞飛。下半秒，橫向拖曳著長長煞車尖嘯的跑車又把還未落地的小孩撞飛一次，可憐，當場死亡。

解剖後，法醫對小孩的致命死因描述非常模糊，遂成為轎車與跑車兩個肇事車主的律師在法庭上的辯論重點。雙方在提取了全份的勘驗及驗屍報告後，各自請醫學專家做出了詳細的死因分析，與研究。轎車方面聲稱，根據車禍實況及解剖報告顯示，轎車在原本車速不快又緊急煞車的狀況下將體重極輕的孩童撞出，孩童所受傷害應不為大，不應致死，生命無虞。且車主實有立刻救援誠意，死因應為跑車違規闖紅燈重重撞擊孩童所致。如此，轎車車主確有過失傷害之事，而無致死之實。

跑車方面律師則辯稱，據大體解剖報告判定，孩童遭受撞擊的臚內出血及內臟破裂，應為所承受之首次撞擊造成，跑車在現場留下超過三十公尺長的煞車痕，雖至車體完全靜止時已越出路口，但跑車在已近完全煞車完成的極低速狀態下，施之於孩童的撞擊力可謂極輕，雖將孩童彈出十公尺外，其原因實為初撞之力強大，加之孩童身小體輕所致。換言之，跑車所撞擊孩童的當時狀態，應為死屍。故跑車車主違規肇事雖有，並無傷人及致死之實。

這個案子纏訟許久，雙方及外界爭議頗多，最後法官判定二人皆有過失致死之實，輿論對此尚覺得公允。但孩童致死的真相，還是人言言殊，沒有個清楚無疑的定論。大家都說，那觀落陰去問那小孩好啦，或者，哪天該去見閻羅王時可以打聽一下。

大家以為陽世懸案陰世必可判嗎？不見得啊。孩童到了陰司，閻王為了掌記因果，問孩童：「你說，撞死你的是哪個？」小孩回道：「撞了兩次，我都暈了，哪裡會知道？」閻王又問：「你自箇兒什麼時刻死自己都弄不清？」小孩說：「那時只有痛，哪兒知道魂還在不在竅裡？」

閻王無法，不知這冤仇應該記在哪位肇事主頭上，只好粗粗判定：「那黑白無常勾魂既在小孩兒第二次被撞之後，這樁死仇就落在開跑車的傢伙身上啦罷！」

這時，判官出言反對了：「稟王爺，閻王註定三更死，絕不留人到五更，這話陰陽二世誰人不知？無常使者多有為那憐憫交代後事的多留人一刻殘命之事。況我看這一黑一白，做事也不見得精謹，勾命的時辰王爺既放寬他們自可有一、二時辰的……呃……就像陽世所說的裁量權，又怎麼就可以遽判撞死小孩的一定是第二輛車主呢？」

閻王說：「倒也有理……。」

這懸案在陰世裡還繼續纏訟三十多陽世年呢，至今未決。前兩年，兩個肇事車主也命盡被無常使者前後拘提到案，這會兒還在閻王案前爭辯不休呢。

賣藥

捧：老闆，我要……冬蟲夏草。
逗：（遞一根草）來，冬蟲夏草。
捧：這……是一根草，您別矇我，我要冬蟲夏草。
逗：現在是夏天，他是一株草。
捧：這……不成，咱們重來。現在，是冬天，我要冬蟲夏草。
逗：噢，是冬天？
捧：是冬天。
逗：您要冬蟲夏草？
捧：欸，對。現在，是冬天，我要冬蟲夏草。
逗：（遞一根草）來，冬蟲夏草。
捧：唷，怎麼還是一株草？不是說冬蟲夏草嗎？現在是冬天了，蟲呢？
逗：蟲啊……，這蟲是夏蟲不可以語冰的夏蟲，您等夏天就看到了。
捧：啊……，這蟲會躲啊？夏天到了，他躲去冬天；這冬天到了，他又躲回夏天。完全像是……已進入司法程序，追不到真相了這是……。

逗：欸，神奇就在這裡了。

捧：怎麼個神奇法兒？不就是會躲狗仔嗎？

逗：老實告訴您，我這個冬蟲夏草不是一般的冬蟲夏草。

捧：是嗎？

逗：冬蟲夏草的神奇，就在於夏天是草，冬天就變成蟲了，對唄？

捧：對。

逗：這不夠神奇，我的這個冬蟲夏草啊，更加神奇。

捧：嗯，您這蟲啊，還會害羞躲人，都看不見了，是夠神奇。

逗：我這個冬蟲夏草啊，奪天地造化之奇，比普通的冬蟲夏草還會變化！

捧：這怎麼說？

逗：怎麼說啊，您聽著，我這個冬蟲夏草啊，夏天的時候，它不折不扣是株冬蟲夏草。這個時候啊，您還看不出它的神奇。

捧：哦，那冬天呢？

逗：神奇就在這裡了！一到了冬天啊……。

捧：怎麼樣？

逗：它就變成夏蟲冬草了……

捧：呿！它就是一根草嘛……

愛杜教授

杜教授一共娶了三個老婆，先後而同時，先後娶入門而同時生活。

杜教授在當學生時，學思深醇，足為同儕師，當時崇拜杜學長男女無數，杜教授初戀於後來的大老婆大美。其後，杜學長才大不能自滿於學術一生，遂開筆文藝創作，數年間，屢獲大獎，自云：「文藝也無多子。」當時崇拜杜作家男女無數，杜教授並戀於後來的二老婆二美。杜生取得學位至大學任教後，即與大美、二美共組甜蜜小家庭，大美、二美都太崇拜杜教授了，不能捨杜教授而去，只能接受娥女現實。

可大美視杜教授是純種學者，文藝什麼的，總埋怨杜教授在浪費時間、在夢囈，臉色就不好看，說是被二美那不正經的，帶壞，不幹正事。二美恰反，認為杜教授教書嘛，就是個職業，養家活口用的俗事，文章千古才是杜才子宿命中的名山之業。文學研究，二手事業，憑他杜才子，足作一個大家研究的對象了，何苦置自己為二流？所以啊，當杜才子孜孜埋首研究，大開新論之時，二美就不悅了，罵杜才子被古板的大美整弄得小家子氣。

杜教授常常自問：我到底是怎麼樣的人？我該是怎麼樣的人？大美、二美，她們都很深刻地了解我，也幾乎完全不認識我，而我，我知道我的志業，但我要的是這樣的生活嗎？

終於，杜教授開始尋找愛情，當時崇拜才情並茂的杜教授男女無數，於是杜教授遇到了三美，也一併將三美娶進門了。

可杜教授從此就得到愛情、得到生活了嗎？是的。只不過三美完全不能接受杜教授在學校以外的時間讀書、研究、寫作，因為，那不是生活本身，那是工作。上班時間之外，應該踏青、烹飪、閒逛、無聊、吵架、哈哈笑、生小孩……。

杜教授更分裂了，大美、二美、三美各自以自己堅持的方式愛杜教授，沒有妥協。杜教授不可問的自心偷偷想著，他要比她們誰都長壽，享受完了鰥夫生活之後才要去世。

窮食兆萬爺

兆萬爺儘管恆產兆萬，日子過得倒不見得奢，可官場、商場生人擺宴專請兆萬爺，常不知兆萬爺習性，討不了好。恆想是兆萬爺富冠國境，等閒上席何能看得上眼？必苦心蒐羅奇珍，洽聘名廚，乃敢斗膽卑辭邀請兆萬爺。

那個忐忑啊，幾個官兒、爺兒們談起來，幾回宴了兆萬爺，就沒個討著巧的。這個說：「熊掌、駝峰，兆萬爺庫房裡常備著的，大約比下官千兩銀子重價購來的尚高一品吧？」那個說：「桌面大的整翅、海碗大的鮑魚，兆萬爺也只勉強動了一匙，卑職家業在京師也還算提得起的了，說來吃飯穿衣也並不只三代的人家，還是不得勁兒。真不曉得兆萬爺府裡日常所用是什麼樣的玉饌仙品了。」

說起來，兆萬爺真的是日食萬錢，猶言無下箸處，可就是日食千萬錢，兆萬爺還是不會有下箸處。兆萬爺家自是鐘鼓玉饌，沒錯兒，可這「玉饌」雖說是奢華，倒也不特殊，品相和京裡富豪人家相比甚至還差一點兒。人所不知的是，兆萬爺不吃這個，兆萬爺府裡的夫人、公子、小姐們吃這個，甚至下人也吃這個。但兆萬爺不吃這個，兆萬爺不吃這個吃哪個？兆萬爺日常愛吃小几小菜，最愛吃的是糟糠老伴兒親手揉製的餡餅兒，材料一般，擺坊間賣，一枚可賣二文錢。兆萬爺發跡並不晚，豈能少吃了山香海辣？但也因兆萬爺不是貪享受的人，掙出好大家業。他自己說，一生只在窮時小夫妻沒下頓的自合餡餅兒中嘗過飽滋味，其後所食，皆是餘食。

常常兆萬爺赴宴回來，老伴兒心知這倔老兒定然苦空著肚子撐回家，早和餡和麵整置好了三、五個餡餅等著了。有時兆萬爺回家晚了些，實在餓狠了，便會一疊聲吩咐老伴：「餅子炕上吧，看看那群自以為懂吃懂喝的官兒拿些什麼來搪塞我唷，嚥不下啊。」一急雖急，總又不放心再交代一聲：「要炕得溫吞點兒，甭使大火嗆，省得熱臉皮兒包冷心肝兒……，像那些席，像那伙人。」

麥天奴前傳

天奴這名兒真是自暴自棄，沒法兒，天奴剛從娘胎裡冒出頭時，他爹麥老盤正賭氣著呢。長毛亂過，杭州城裡死了九成人口，大半的人家，都破滅了。麥老盤賣身為奴的傅家滎園就沒留下一隻雞、一顆蛋。老家人傳老盤撐過了粒糧不剩的圍城，沒餓死；撐過了城破、兵剿的那陣亂，逃過了抓伕，逃過了被當細作砍翻的危局，一個瘦老乾兒，也就是盛極一時的滎園二百多口人的唯一生者。

朝廷派了要員同沒死絕的幾個地方仕紳，還有城圍之前逃出的大佬如今歸回，設了個「善後局」開始為杭城一帶重酷元氣。一城不足十萬口的「殘餘」，欲復本業的助復本業，已失業的，善後局便在地方事務恢復上酌才給業。實在有老殘無依的，也儘先賑濟給養。

老盤時年才五十三，但在滎園只是個幹粗雜活的下人，日子本不愜意，今遭逢個大災劫後，原本乾枯的身板兒更刻滿一臉老皺，腰桿也不直了，活脫是個七、八十老兒。加之舊識也差不多死絕，自己做主復了麥姓本姓後，投了善後局，委員直接給劃歸敬老給賑一部。麥老盤不肯，直說自己還不老，做得動，就這樣領了一爿無主的小店面，張羅起了點心鋪。

勤勤懇懇五、六年，鋪子雖然規模不增，倒也平穩積攢，身子骨也粗實了些，就腰板仍不太直。但不妨，後福還有呢，那年麥老盤討了個年方三十的寡婦，說不上姿色，但也宜男之相，二年就把孩子懷上了。

一帆風順了從此不是？不是，還有個小劫數，這是為了要扣住說書人起頭的前言哪，不得不委屈了麥老盤。話頭拉回，大地回春，這一片喜氣之中，來了個不速之客，滎園一個流落外地的姪少爺回來啦，甭看他一副窮痞子樣，人家可是不知哪兒弄到了老盤的身契告官裡去啦！說是老盤沒贖身，還算得是傅家人，那意思是想訛他老盤的這一爿小店再清楚也沒有了。老盤氣不過，說：「我麥老盤天生奴才不成？做死了還是別人家產？」一氣之下，便將剛下地的娃兒起名兒「麥天奴」啦。荒唐！最後，老盤給「姪少爺」掏挖了不小的一筆才贖淨了身，討回了契。

麥天奴呢？倒沒再改名，據稱此子思維開闊，頗有大志，長大隨洋船入歐，他的子孫也在歐羅巴開創了偌大的服飾事業云云，只不過人云亦云，真實事蹟實在也是湙漫不可考了。

戲

一場戲，噓聲四起，風評極差，首演過後當夜就掀起退票潮，不得不下檔了。

看戲的人這樣抱怨：「這什麼戲？戲一開頭就說兄弟倆不和睦，接著就開始打，推推搡搡，哥哥出了三拳兩腳，弟弟還了兩腿三掌，倆氣吼吼互瞪了十來分鐘，又揍了幾下，打打停停，打了一個半鐘頭，最後兄弟倆全倒在台上完戲。這叫什麼戲？也不真是什麼武打戲，兩個不會武的毛手毛腳廝打罷啦。」

其實戲就是不下檔也演不了第二場，首場夜裡，演兄弟倆的演員都嚴重內傷死啦，原來他們是真打。二、三天後消息走出來，震驚社會，看過這場爛戲的人全抖起來了，還有的被訪談性節目邀上了電視。耗了兩天苦心商量擬好聲明稿的忿怒編劇、導演，緊急把聲明稿送進碎紙機，帶著哀戚接受專訪。首場錄製的ＤＶＤ剛送進倉庫就又取出倉庫，大賣，而且正在再版中。

真戲

劇組五、六個人在街上晃蕩一個多鐘頭了，還沒開拍。龜甲罵乙砲：「連續五個場景你都說不，我覺得我太遷就你這個爛編劇了。」乙砲火了：「對，你導演最大，我提的地點你連去看一下都不肯。」兩個禁不住火，打起來了。劇組其他四個人自己窩邊休息，其實是對他們倆不滿透了。圍觀的路人一下子變很多，瞎丙拿起了DV開始拍攝。

警察來了，要逮龜甲跟乙砲回派出所，他們卻辯稱「不是打架」，是「行動藝術」、「行動劇」，堅不就逮。這個時候，砲口一致對外，瞎丙拿著剛剛拍攝的DV證明龜甲和乙砲的嘴砲。斷頭丁和花花戊則分別撥打手機求援，他們的學校就在附近。沒許久，記者先來了，你現在快打開電視，SNG即時新聞插播，字幕上就打著「藝術系高材生當街鬥毆」「嗆警鉗制藝術」等字樣，畫面又看到花花戊手指著龜甲跟警察，嘴對著麥克風大喊：「我們不知道現在還有白色恐怖，警察管制藝術的創作自由……嘰哩咕嚕。」花花戊有點大舌頭，情急之下我們聽不太清楚。接著，他們的同學來了十幾個，竟然有備而來，當場寫了大字報「反對警察國家」、「還我創作自由」等好幾張，圍著警察和ＳＮＧ叫囂。

最後，系裡一位教授出來了，對著ＳＮＧ發表了一篇簡短的演講，內容不外是藝術、言論是自由的之類。後來的群眾沒看到上半場，有些就跟著學生吼。警察跟後來的警察都受不了了，想想只是處理一場小打架，如山大的帽子一卡車一卡車的運來扣上，真不上算，只好草草說教一番，收隊了。瞎丙的ＤＶ則一直在跟拍，越拍越仔細，仔細得幾乎拍到警察夾起的尾巴。

過了一個月，瞎丙拍攝的ＤＶ影片經過龜甲等劇組全部成員認真地分工後製起來，拿了個校內藝術週作品的第一名。

盜匪歸隱記

遠遠貓汪子摘了一籃茄子就跑，有人喊起來，要追上去。打短工的狗喵子跳了出來，說：「別慌，我知道那賊婆子的賊窩在哪，大夥兒跟著我抄她家去。」領頭帶著三、四個莊稼漢望北邊山坡上趕。大豬呆說：「是這道沒錯兒？再往上是盧員外的莊子啦。」二馬呆說：「我看算了，跑這麼多路，不過就是幾根茄子嘛，冤了腿了喲。」三牛呆說：「幾根茄子都不給她，咱們要不兵分兩路，包抄她個小姨子的？」後頭喘上來的四鳥呆也說了：「喂，別追了呀，這會兒田裡沒人啦，還追？」大豬呆拉住了狗喵子，回頭指著四鳥呆，說：「你這呆鳥跟來做啥？你看園子的不是？」四鳥呆這才慢慢蹭近：「我……你們都跑啦，俺……怕。」大二三呆聽了齊吼：「你怕個鳥！」大豬呆又說：「這樣說，你平常夜裡怎麼敢一個人看園子啊？」四鳥呆說不出話，跪下了。

三牛呆吼道：「說！我掌刑老三給你個痛快！」上前一個巴掌把四鳥呆搧飛兩尺半，萎在地上。大豬呆橫手一攔，向三牛呆使了個眼色，回頭跟狗喵子說：「茄子不追了，今兒個你先下工吧，明日再來。」狗喵子一看兒狠，撐著哆嗦腿諾諾而退。

遠遠躲在樹叢後，看三人把四鳥呆拖進林子裡，拷掠，埋了。狗喵子嚇慘了，快天亮才僵著身子回西村。

貓汪子等急了，沒注意到狗喵子慘白的青臉，直埋怨：「你這老不死的把他們引到天邊了啊？晚上還幫不幫四鳥呆看園子也不知道，我也沒敢去摘菜……。」狗喵子扯著老伴，抖著聲說：「別管菜啦，快拾奪拾奪，咱們連夜到臨縣投奔姑婆吧。」貓汪子看出不對勁了，忙說：「咋啦，咋啦？天都亮了說啥連夜？」狗喵子搧了他女人一巴掌：「俐落些，要快，到底生了啥事路上再說你聽。總之，咱們啊，要洗手不幹，甭再幹這黑吃黑刀口舔血的行當啦……。」貓汪子一頭霧水，狗喵子倒微有一股道上好漢洗手歸隱的凜然悲涼。

冬青草

天下莫能與之爭

他們被外星人抓走了。他們在地球上擁有的一切都遺留在地球上，只除了他們自己。

這不一定不好，被外星人抓走，也許從此過著幸福快樂的日子，飛得更高更遠。剛才以前，他們還在地球上追求的一切，說不定隨著逝往外星，如舉目宇宙所見的自己，變得渺不足道，也變得自由來去。

到了星河，他們沒有，也不需要以往在地球上所掙得的那麼一點點的一切，包含整顆地球。

絶學

獵戶胡牛是個精壯異常的漢子，雖然生裂虎豹是沒有的，憑著右手一把砍刀、左手一束蛟筋套索，加上腰間插著備用的兩把手斧、攮子等，遇上落單的虎、熊之屬，可不懼牠，就直接單挑了。順手，就砍翻、搠死；不順手，或蹦出了獸伴，胡牛仗著熟悉山林，竄逃也很在行。生平也不知吃了多少熊心豹子膽，實底的豪壯無匹。

可就一點奇，怕老婆。胡牛並不是怕女人，不是見了老婆瘦弱文秀拿她沒轍，而是他打不過她。她是名門之女，崑崙派號稱西陲第一劍的天愁老人掌珠，閨名就叫阿秀。阿秀自小武功在崑崙派中打底，八歲隨天愁老人隱居，雖不是盡得天愁真傳，七、八成的天愁武學還是紮紮實實有的。阿秀沒有萬兒，她根本不涉足武林中事，長大後鎮日山水怡游，本欲女貞一生，廿三歲卻在興安嶺遇到了冤家胡牛，愛他的樸實自立、雄魄天成。阿秀帶胡牛去見天愁老人，本欲令胡牛入天愁門下，憑藉超人材質，定可光紹天愁絕學。沒料胡牛搞清楚了武學內基外功那一套，竟堅不肯學，說這種激引內神的功法「既麻煩又不天然」，弄得天愁啼笑皆非，阿秀為此嗔氣，也不知揍了胡牛多少回。

天愁倒看得開，甚至頗為欣賞胡牛略無「人上人」欲念，說不定也是好事。又看一對冤家除了學武意見犄牴外，真正是情投意合，便勸阿秀習武之事慢來，做主給小倆口成婚了。

天愁飄然而去之後，情愛甚濃的倆口子在習武的意見上並無一絲妥協，但日子就這麼過下來了。他們的小孩兒胡七斤，下地就七斤，也虧阿秀細弱的身子骨習武有成實為強韌。這年胡七斤五歲，正是習武紮根的重要時機，小小孩兒身板也出奇精壯，活脫是胡牛搓小，天賦材質至低亦不輸胡牛。天愁自七斤出生，每年來看孫兒一回，阿秀總不忘提起兒子習武出人頭地之事。天愁笑自己女兒：「你自幼習武並不熱衷，也不喜江湖武林，咋就替自己兒子翻倒野心啦？」胡牛總在一旁猛點頭哼哼有聲，但不敢多話。

阿秀氣不過，終於打算親自教子成材，再拖不得啦。可是胡七斤怎麼說？「娘，您這般一跳三丈高，三掌劈死一頭豹，額頭還不見汗……」阿秀喜道：「是了不起唄？乖寶，好好學，娘保你五年後也可以空手劈死豹子。」七斤卻歪著頭仰看阿秀，說：「那多沒勁？豹子死了自己都覺得不值吧？要鬥豹子，還是像爹那樣拼得一身老汗才帶勁哪。」這會兒阿秀不生氣了，苦笑，然後深深望了父子一刻，真心地燦笑了。

毀希錄志林．偈作僧

一僧好學百丈懷海，一日不作，一日不食。某日不作，而竟食已，滌器即歌一偈曰：「今日全怠惰，所作皆不辦；惡道已現前，食愛是留飯。晚來憐蛾撲，熄燈寢其患。」一食罷乃睡。一生所行，多不僧伽，而事多有偈說，人號之曰偈作僧。

計算

心玉一輩子都在研究命理，紫微、子平四柱、易卦等等什麼都來，頗有心得。但據心玉的朋友說，也沒什麼。

心玉當初選擇嫁給阿常，也因為阿常的命格，推算起來好。小夫妻不怕暫時勤苦，人生有發展才是重要。阿常原在國際知名的金牛電子上班，薪資四、五萬，不算頂好，但一輩子幹下來，晚年也不至於差。心玉雖覺得還不夠好，但大家都說阿常是「電子新貴」，久後果然是不錯的吧？阿常果然是好命格。直到阿常開始放「無薪假」，先還愣著頭不知死，然後看看半年都在放假，夫妻倆都慌了。心玉再把阿常的命格推算一番，哎，以前推得不完全哪，阿常也許不是什麼好命。無薪假一放放了兩年，地球都快轉不動了，夫妻開始借債度日，心玉更確定阿常是不好命了。阿常開始擺攤子賣飲品，誰也沒想到越做越順，最後開了小工廠成了飲品供應商，雖不是大老闆、大財閥，五、七年的經營之下，後來年餘倒都能上千萬。奮鬥的這幾年，心玉仍舊不斷地複算阿常的命格，理論及事實都證明，無薪假時代的推算，太不詳細了，阿常真的是好命格，現在的賺頭，稱得上是有錢人了，這哪是當初一個月四、五萬塊可比？當初不是因為無底的無薪假契機，阿常還不在呆呆地月領四、五萬？還不在呆呆地繳那重死人的房貸、車貸？並餘不了幾個。可見阿常是有福的，遇災不是災，是上天在為阿常開拓真正的好命之路。

沒幾，塑化劑風暴來到，政府開始查禁起雲劑、塑化劑這些長期傷害人體的原料，並追究刑責。阿常被起訴了，幾年官訟，落得財產盡空，還進了監。心玉更殫精竭慮計算阿常的命格了，不免又發現了幾處一生總沒注意到的細處，看來阿常也許不是好命格？有所得皆是災殃？阿常到底是不是好命？

阿常出監了，貧淨的夫妻再聚首，阿常秘密地告訴心玉一個絕好消息，說是服監時和金牛電子的董事長白董同房，他照顧了生病的白董，算是救命恩人。白董刑期不長，大部資產也早移往國外，說是出獄後，要帶阿常一家出國，肯幹，白董保阿常賺大財；真不願勞累，也撥送一筆地產給阿常當寓公，算是報恩。這時，白少董已經將紐約的一些房地產過戶給阿常了。阿常問心玉高不高興啊，心玉這下也不知阿常到底是獲福，還是又是受災，勉強舉著病體苦思阿常命格，尚未說出確定結論，卻心神耗盡，死了。

鬼哏

也許是因為這個學期開始，學校間南北奔波的疲累，也許是認床吧，小月老師夜裡待在新竹學校的研究室中睡不著。研究室是尋常待的地方，小月老師不會不熟悉，但熄了燈後的研究室就顯得很陌生了，熄了燈還能習慣的地方，除了家裡之外，也只有他的胸膛了吧！小月這樣想。

一片黑暗的校園裡，這時間連吵鬧的大學生們都熄滅了，天上也沒有星星。晚間和他通了電話，他還打趣地說：「睡不著，就數星星吧。」可是夜半窗外的天只有灰暗，只看得見朦朧的、有時候微微動一動的樹影，相映著室裡的暗黑，小月真沒多大膽子睜開雙眼瞅著這一切。可緊閉著眼已然兩個多鐘頭了，小月滿腦子裡還是他和鬼在賽跑。另一個地方，下腹也漸感飽滿，切開手機一看，都快凌晨三點了，尷尬了這下，她想，不太可能可以撐到天亮吧。

小月走在當然天地間只剩她一個人的黑茫茫走廊上要去廁所，眼睛只敢看著正前方，廁所燈亮了，不知什麼機器一下運轉起來，邊間廁所木門被震得咚咚作響。

「不是鬼，沒有鬼……。」小月只能在心裡不斷這樣告訴自己。

回到研究室，小月很慶幸自己沒有碰到鬼，而睡意是絕對沒有了。怎麼辦？這時也不能打電話給他，小月打開了電腦，自語：「還是來寫點東西吧，寫廁所遇鬼的故事？不好，太老套了。」轉念又想：「老套是老套，可我自己剛剛還不是被這老套嚇得差點哭哭？老哏能一撐到老總會有些道理吧！」

於是小月動手寫了一篇女教師半夜在校園廁所撞鬼的小故事，一邊寫著，一邊構思，眼看天都微亮了，心裡越來越不恐怖。可是心裡一方面漸漸鬆脫了，一方面又沉浸在自己編造的無聊鬼故事中嫌得要死。

剛剛把寫好的故事稿發e-mail給他，想請他看過以後給些修改意見。半個鐘頭後，他進來了。小月好驚奇：「你不是在高雄嗎？這麼早跑來！」

他陰著臉說：「小月，原諒我，我必須跟妳告別了。妳……查一下網路的即時新聞，二十分鐘前國道一號兩百三十公里處發生嚴重死亡車禍……。今天約好要接妳吃午飯的，但是……。」在他還沒裝模做樣擦淚水之前，小月已經嚇暈了。

醒來，她在他的懷裡，他正一臉愛憐地撫著她的臉。

日後小月總常提起這件事情埋怨他，氣頗不平。他就不好意思地傻笑說：「那……只是我給你的修改意見嘛，是妳問我怎麼改效果比較好的嘛。」而小月，沒好氣地說：「雖然我真的嚇到了，可你那個……還是老哏。」

野大師

貢巴噶大師並非施什麼讀心術，也絕非等而下之的心理分析術；所以既不是神通，也不是江湖術士。而人們在與他藹藹清談之中，總隱藏不住什麼，不但隱藏不了心裡所想的，自己原來所不知道的自己心裡那點玩意兒，也能遽然發現。而貢巴噶看到的，還更多。

貢巴噶知道這是天然材能，無可學致，但積學勤悟，畢竟才讓此材能深掘成脈絡，益利益精。貢巴噶其實不算是個好僧材，七歲出家二十年，一樣神通也沒修出成績，佛理雖燦然卻又不備全，講經說法既不如甲，苦行勤臘復不如乙，攝邪卻魔更是全然不行，不入室於寺中任一高僧。但初時貢巴噶豈是無求？被拒幾番之後也只能自向寺中大佛參學，自嘲野禪。

廿七歲離開小塔寺，貢巴噶十年間遍訪雪峰大小諸寺，倒也不是盡受冷落，自悟的那一點兒點滴，也曾被少幾個僧隱讚許，卻從來未被名僧印可。當然，貢巴噶能夠晉身名僧接見的機遇實在不多，即有，也僅是眾中少談兩句而已。

卅七歲的貢巴噶帶著無不可的落拓心情走下第一高峰，遊了數年，多曉方語，東入震旦，人不知貢巴噶年歲。後來據貢巴噶自道，元末塗道人載記而著成《佛理篇》，記敘貢巴噶行誼論要，書中說貢巴噶行中土「為讀孟子書見『知言』數句而大悟，自是多於鄉曲與人講論，不參叢林，而猶衲衣，時人謂之『西來大喇嘛』，以佛論世甚精，擅不著佛語論佛。」而歷來經藏僧傳皆不著錄。

女變

人說女大十八變，原來還真是有！沒想到這個畢業後十年不見的國中小丫頭死黨，現在竟然出落得這樣正點！我只記得，當時她們家賣了房子，移民國外了。但現在，她所標示的居住地，又回到這座城市，人生無常啊。但是，網路無敵！回想起我們都還是路人甲乙的時代，如果不是網路遇見，我想我不會想到、或忽然興起再與她連絡的心情吧。

可是不太對，當年我們不都是路人甲乙？怎麼我現在還是長得就是路人甲，她就變漂亮了？難道她去整容？噫，不像不像，她的個人資料上有不少素顏照，照得不算好，但顯然是素顏素照，連美肌模式都沒有，應該……嗯，她那副不在意修飾自己的模樣也還就是十年前的她啊，可怎麼能同一個人變得這樣漂亮？呃……（呻吟）。

把她吧？我要把她。從前她和我曾經那麼熟悉，現在私訊聊起來，我們男未娶、女未嫁，並且各自都剛剛經歷過一段情傷，這回我再放過她，憑我這萬年路人甲還能再有把正妹的機會？

越來越入港了，我想她也是喜歡我的。現在都半夜了，明天、後天，或大後天，我就約她出來吧，她說她也想見我，她說她也想見我！呼，於是我們打開了視訊，看到了已經不同了的她，竟然感覺還是熟稔，連她的房間我都像是見過一樣。

「妳後面，那是……伯父嗎？」我嚇壞了，她身後一個穿著四角褲，捧著肚腩的中年男子正看著她，還看著我。

她笑了：「你別嚇我，我自己一個人住啦。哪有什麼人？你旁邊呢？介紹一下啊，結果你還是有女朋友嘛，當著她的面騙我，她不會生氣喔？」

我又嚇壞了，我一個死宅男，旁邊哪有人？啊，她是看到我被窩裡頭一隻貓在鑽動，誤會了吧？「那是小貓啦。」我說。她又笑了：「哦，她叫小貓啊，長得好美喔。」

這到底怎麼回事？那一夜，她始終不承認她房間裡有別人，還生了氣。我也生氣了，這算什麼？

後來我並沒再找她，她也移除帳號，消失了。我這才想起，她視訊的那房間，不就是她國中時的房間嗎？我那時還去過兩次呢……。是，房子又買回來了？

少女心

比葛薇蘋高的女孩當然不會沒有，但一米八的身高就東亞這個地區的女孩來說，是真的偏高了。

修長的葛薇蘋並不顯得魁梧，也不瘦桿兒，秀秀氣氣模樣挺好的一個女孩子。同學們都覺得葛薇蘋長得蠻好，沒什麼不好，就是多那麼一、兩個頭身，也並不顯怪。葛薇蘋也沒怎麼喜歡或不喜歡自己的身高，頂多是生活上有點兒小抱怨罷了。

這兩日整個城市被雨水洗刷過四回，落個不停。沒課，或者乾脆蹺課的葛薇蘋在住處幽閉了一整天，也沒出門吃飯，到晚了，在網路上塗塗鴉，說雨太大了，出不了門，晚餐看來又給大雨泡湯啦。

一個沒見過面的網友立刻回覆了：「不吃飯會長不高唷。」葛薇蘋並不想理他，但反正也無聊，就回說：「我沒有這種煩惱。」他又說：「妳很高嗎？」葛薇蘋覺得這不過又是一隻蒼蠅，就想戲耍他一下，說：「我只是安於我的嬌小，不好嗎？」葛薇蘋說這話並不怕穿幫，因為自己個人資料上的照片沒有站姿或全身照，秀麗的小臉、一部長髮，誰瞧得出高渺？

轉到私訊聊了幾個鐘頭，葛薇蘋認為他大概是一個勇於幻想、到處追女生的死宅宅，不過講話還算有點內容，程度也許並不太差。不由得，葛薇蘋也幻想了起來，幻想他一定是個矮小、猥瑣，說話結巴，甚至身上有股怪味兒的臭男生。也好，一陣噁心，肚子倒不餓了。從此無話，葛薇蘋不再與他交談。

過了兩週，學期末了，一堂葛薇蘋幾乎整學期蹺掉的通識課要期末分組報告了，整個課上，葛薇蘋當然只認識自己系上及同組的同學。也還沒輪到自己這組，晚到的葛薇蘋就乖乖坐在前排座位上準備聽別組上台報告。

報告的小組上台，一個矮小、猥瑣，說話結巴，甚至身上有股怪味兒的臭男生開始介紹自己的小組成員，他自己的名字……，不用說也知道他是誰。

以下的報告，攸乎的葛薇蘋什麼也沒聽到，一陣反胃，覺得當初把他幻想成帥哥是不是比較好些？起碼當時還得一刻浪漫。又想到，等等自己上台報告，也將站挺了身板，說出自己姓名，葛薇蘋，就得意地吃吃笑了起來。

都是少女心

小雯最近不太好，系羽的練習扭傷了右腳踝。拖著纏了紗布的右腳，小雯雖然暫時不能再練打羽球，還是在密集訓練的羽球隊上陪著同學練習、幫忙、打氣。誰知就在右踝傷正烈的這時，也許舉腳行走不太俐落，加上期中考的種種疲累，系羽練完球後回宿舍，小雯又在樓梯上拐了左腳踝。

兩腳踝都綑著紗布條的小雯在校園裡獨自慢慢蹭著，某個老師看到了訝說：「啊呀，怎麼連受傷也講對仗啊？」這老師雖是出於愛護關心，但小雯不開心，微微覺得被訕笑了。自己坐在寬闊的校舍台階上，幽幽地睇著自己短褲頭下勻美的雙腳，踝。

晚上小雯拆了紗布條，請同學騎車載了去另一家診所就診。同學問：「原來那家不好嗎？」小雯只寞寞地說：「不好。」拍了同學的肩：「走啦。」

但是第二天，下午及晚上小雯又都再扯了紗布條，要同學載她先後又就診了另外兩家診所。小雯的幾個好同學覺得簡直怪透了，直追問小雯，但小雯並沒說什麼。最後，只說：「沒關係，明天我不會再麻煩你們載我去看醫生了。」大家看小雯生氣，都不敢再問了。

翌日，小雯果然不再拆了紗布條鬧著要看醫生，大家怕小雯不高興，也不再多說什麼。

那「某個老師」又遇到了和同學走在一起的小雯，看了小雯像穿兩截襪的腳，說了：「怎麼樣？腳好些了吧？傷一定要看到完全好啊。嗯，醫生挺仔細的嘛，兩腳紗布綑得一般一樣，怎麼連纏的紋路都這麼對稱啊？這個……對仗很工整啊。」小雯很沒什麼的笑了一下，沒再理會老師，扶著同學走了。

同學小萍卻低聲跟小雯嘀咕：「昨天晚上腳包得不是這樣吧？你自己把它拆開重新包過了唷？」

愛是什麼？

譬如一個不曾見識過東方風物的西國人，他餓慘了，查大叔從搭褳裡掏出倆自蒸的包子給他。西國人一聞到麵香，就淌哈拉子，恩謝地接過包子，翻覆一眼，不多瞧，掰開了包子，將那已不燙口，溫暖的菜肉餡兒，幾口吃淨。稍一猶豫，又幾口把包子皮嗑掉。查大叔笑說，包子也有這樣兒吃法的？新鮮！

但凡香口飽肚，也不好說定然就不是個吃法。

西國人掰了第二個包子，比照辦理，那工架就更熟手了。這趟下來，這西國人還能說是個不明白吃包子的洋物麼？You tell me！

寄宿

打開背包，她卸下了殘了半片耳的鳥咪，鳥咪瞅了她一刻，跑了。她開始散步，鳥咪根本不知道自己為什麼跑掉，就如她不知道為什麼要卸下鳥咪。

於是鳥咪先是在她附近巡遊，後來看到松鼠就追去了。半年後，她散步累了，想回家。這時，她不知道要不要、想不想召喚鳥咪回這已是殘破欲解的背包。其實鳥咪半年前就跑不見了。

最後，她摸了摸自己殘了半片的耳，縮身鑽入了蔽敗的背包，喵喵地叫了起來。

毀希錄志林．儒蟲

隆慶中，某不第就館，東主一兒嬌憨，小名阿然，好驅蟲虺。講義間，數見蜈、蠍等物穿息其領袖，而神色如常。某既叱既罰，復以杖撻，不能止之。告以東主，色不信焉，喚阿然至，質以其事，某檢其衣具，晏然不動，而無所獲也。東主拜曰：「先生勞苦揮形，致法眼失察，皆犬兒愚劣所累，告罪告罪。」某忿然辭歸，意另遊乞。出縣遇河洪阻道，正自躊躇，阿然奔至，出領中蜈蚣，化為巨蟲，跨水拱身如橋。某方戰慄，口不能言，阿然即挈某行過蜈橋，面某伏地再拜而走。歸家，啟囊中數金，皆蟲蛻之類也。

慌

讓我來數一數，今天一共愛上了多少女子。

早上八點半到火車站，準備搭8:53的自強號北上中壢，票面是七車三十四號，我當然不會看著哪裡有美女就站哪裡等車，而是老實的站在月台七車處。左右的女子都不動人，走過的，臉容及體態都優美的只有一個高中生，但是氣質淺淡了點，我知道離去之後我只會記得她十分鐘，不嚴格說，她應該還可以算是今日我第一個愛上的女生。當然，我知道我們應是無緣的。其他，略三、兩位有容色韻味好的，有腿肢極美的（只是腿肢），我都欣慕，但未愛上。（說我物化女性？以貌取人？沒關係，我也這樣對付自己。）

上了火車，並不如我的願，鄰座及眼前附近都沒有吸眼的女子，我都快枯乾了，不美的早晨。只好，我閉上眼緬懷一生所識、所不識，還記得的美妙女子。

到了中壢，我們浮沫一樣的漫向月台出口，兩分鐘後，我走出了中壢火車站。這兩分鐘內的人煙，閃逝了幾尊窈窕，瞧清楚的、瞧不清楚的、瞧不完整的幾個麗影，我都還來不及愛上，我們就分離，還沒開始。

走到公車站，五分鐘內錯身過幾個戀苗？二個？一個？實在記不清了。上了公車，乘客大多是當地的老婆婆，操客語。這不是重點，重點是她們坐滿了大半座位，上車和我一樣的中央大學學生只能都往後走、坐，誰要我排隊在前面上車呢？姣好的女同學在我的暗中歎息中一秒鐘就走過了我的視野，二十五分鐘後下車，我很難憶起她的面容了。經過舊社，老婆婆們紛紛下車，我也只能獨自在公車裡的曠野中踽行自憐。

中央大學到站，我與面容姣好的她一瞥，重新憶起，卻即刻分離。勉強，是我今日第二個愛上的女子。

看看時間，離工作開始尚有一個鐘頭，還可以在校園裡走走、湖邊逛逛。我不喜歡熱鬧，人潮中太多愛的陷阱，太多惆悵。沿著荒僻的路徑，我走到湖邊，儘往無人處溜達，不靠近青春的笑鬧聲，聲音太嘹嫩，體態太輕柔，憾恨太深。我當然不是不怕愛與戀，不得。

工作進行得很順利，雖然帶領著的大學部中有好多位正是青春少女，但工作中只有工作，我也顧著看著書本，她們誰是誰快學期末了我還認不清呢，況我也不好意思看著她們。工作完畢，和同學照熏聊了一午間，今天背著喜歡的新包包，就請照熏幫我拍了一張背包包的背影照，因為那包包就適合背在身後。近兩點，他上課，我回家。

這回在公車上沒有新（單）戀曲，為什麼，我真記不起來了。是不是沒出現奪我眼魄的女人香？不確定，但是這最可能。

回程搭客運，車等了二十多分鐘，今天我愛上的第三個女孩兒很遺憾還是沒坐在我的視線之內，其實我生命中早已習慣這種鬱悶，但還是不習慣。老問題：下車時我還能記得起她的樣貌嗎？

台中到了，我第一個翻然下車。相見爭如不見，不是嗎？我不要再依依，不要。

上了回家的公車，才走兩站，我也不知是期待還是怨忿，小魔星上車了。車滿，她們倆就站我座位前兩臂之遙，我知道她十七歲（為什麼知道？不知道），她的同伴也很可愛，但不如她白晰、眼亮、悠柔、靈動、纖雅，及世間一切美好。在我下車前，她一共向我張望三次，及兩個半次，就是餘光啦。我當然知道這並不是瞧我上眼，只是我形貌太怪，似逛馬戲班是的。這也好，愛令人痛苦，還好她不會被我所害，啊。

用數的，她是我今日愛上的第四個女人，可是沉澱到心事來說，她確然是我今日深愛上的唯一。從此相見無期，我還能記住她多久？明天，她將沉埋在我的心底不見，還是殘浮在我的心上酸苦？

晚間打開照熏幫我拍攝的背影照片，我就蒼老了。看到嗎？後腦勺掉了一塊髮，我真的老了。老了，老了，也慌了。開始考慮，如果頭毛再掉，要不就刮光？當個自閉老兒好了。想到今日愛上的女人們，模樣我只記得第四位，的約數。

我老了！要隔絕愛情了！要刮光頭毛了！我將躲起，埋首餘生在僻處自說，自聽，自了。

傑哥慶生餘緒

那一年，人緣極好的傑哥生日，一堆人晚上在九大樓五樓的天台上幫他慶生。大家知道他的癖好就是蒐集、使用肥皂，一塊肥皂什麼都能洗，洗澡、洗衣、洗鞋，甚至刷牙，於是大家偷偷約好，生日禮物全送肥皂。傑哥收到禮物的那一刻，所有人都爆笑起來，包括傑哥。

慶生會很成功，除了有人起哄要傑哥為答謝廣大粉絲群，應該脫了衣服跳一段「桑林入浴舞」，傑哥死活不答應，大夥兒看不到精通國術二十餘種拳法傑哥精壯的肌肉，都覺得可惜得不得了！其他的，都很盡興。

半夜，宿舍有門禁（學生抗爭好像還沒成功），大家都散了。只剩下傑哥的死黨雄仔跟阿美陪他。傑哥原想跟阿美告白，礙著雄仔，總不好意思。其實雄仔跟傑哥都喜歡阿美，他們三人心裡可清清楚楚，只是不說破。氣氛開始沉悶，壓得三個人心裡積累的情愁快爆炸。阿美受不了了，想開個玩笑岔開這種壓死人的氛圍，就笑說：「傑哥，你還是跳個桑林入浴舞來看看吧，呵呵，悶死了。」傑哥不知該回答什麼，平常課堂報告他就結巴慣了，時刻越重要，他嘴越笨。一旁雄仔看不下去了，大叫一聲：「我來跳吧！」一下子脫光衣服，扭動起來。傑哥跟阿美都呆了，扭沒幾分鐘，雄仔竟然跳樓了！

這之後，嚇壞的阿美就很少來上課，還完全避開傑哥。後來傑哥及同學們只聽到了一些傳聞，彷彿是阿美懷孕了，又流產了，從此卻都沒再見到過阿美。

第二年，冬天一個晚上，一個女學生獨自穿過黑暗的九大樓五樓天台，卻在另一頭下樓梯時摔倒了，起不來，呼救，被校方送醫。結果是腳膝蓋扭裂了，除了這個，女學生喊腹痛，下體出血。經檢驗，竟然是懷孕流產。

女學生駭然不認，說她根本沒交男朋友。但誰信？沒多久，大概精神狀況異常，女學生休學回家了。

第三年冬天，同一地點天殺的又發生同樣的事。這回的女學生摔折的是手，一樣流產，一樣不承認有過性事，一樣大家不相信，一樣瘋了，一樣休學……。但大家開始記起傑哥、雄仔與阿美的往事。

第四年……。

鬼話

離開了鬼魂，我回神壇上，鋪起一張黃裱紙，也不管沾的是墨還是黑狗血，按照記憶中鬼魂的口述默出了一首現代詩。

原來鬼是詩人，死於大腸癌。說是常常為了寫詩而便秘，但我沒空搞清楚他這說的是指詩還是指腸，總之，他就是宿留太多，不能化出而內鬱，憋死的。

錄好了他的詩，依他的遺願，我把黃裱紙詩稿寄給了報紙藝文版。他生前已是成名詩人，我則是島內十大傑出道士之一，有咱兩個具名，詩稿從速刊登也應在意中。

沒幾天，我收到報社社長及主編的感謝狀和一筆為數不小的捐獻，說是雖然無法看懂鬼神界的某些文字，及其文意，但已然精裱供奉，二時焚香，辟之為鎮社之寶。

我感到很奇怪，藝文版編輯為什麼會看不懂現代詩？絕了……。

古城舊事

這個武道流派大家戲稱為「城南跺跺腳」，泰家傳的是龜衝拳，其實拳勁全以固守為主，撞攔不容滴水。攻擊則以彈腿，敵人易為這種低穩重弓馬步的拳勢所惑而中招。龜衝拳厲害之處就在於換步間彈腿以腳刀切打，或磕跺；提腿間踝不過膝，膝不至胯，以沉、短、迅、重四門為綱，拳訣云：「摧敵基腳，斷其綿巧。」

古城向稱南方武術總滙，而唯能與龜衝拳一派抗衡的，也只有城人所稱「東大街甩手炮」秦家武功。秦家原是膠西鶴形拳傳人，後來順治年間出了個奇才秦二柱，將鶴形拳融入了通臂拳、鷹爪等武術，創出了一套全新的拳法，雙臂迴還出擊，中肉或啄或撕，壞人筋絡，如中炮擊，端的猛烈。「甩手炮」當然是俗說，正式的拳名是「八鶴拳」，言其攻勢如八鶴同進。

名重武林的兩家原沒什麼糾葛，只為了拳名相持，幾代以來子弟爭端、毆傷死的事件日多，便成了世仇。但秦家、泰家誰也蓋不過誰，蓋龜衝拳嚴實的守勢足以屏擋甩手炮威力，八鶴拳鋪天蓋地的拳勁及炸力又堪令跺跺腳無所隙進，也真是個既生瑜何生亮了。

到得道光那年頭，才鬧出新變局，泰家新一代奇才泰維新離開了家，私娶了秦家女公子秦明月，當然，這種敵我間的愛情古今中外絕不只這樁。維新跟明月除了愛情，兩人共有一個光大武學的理想，私奔後二十年回到古城，他們成功結合了龜衝拳與八鶴拳，號稱「龜勁鶴靈拳」，城裡人嫌侈口，都稱「龜鶴打」。但不論秦家、泰家都不願承認這種新拳術，不接受他們苦心孤詣的改良。況真個對打，無論是龜鶴打與跺跺腳，或龜鶴打與甩手炮，一樣是龜鶴相爭之局，不對外路拳法，是顯不出二合的威勢的。沒奈何，二人只好定居城北，開館授徒，對於二家的諍仇及拳藝的成見消解，徐圖緩進。

然而，幾代下來，情誼及武道的融匯不但沒有進展，壁壘分明的狀況還更嚴重，從龜、鶴二家的爭勝，更進一步成為龜、鶴、龜鶴三家的三分天下啦。

可是，這幾百年來的紛爭終也會有一時息滅之日，此只能說真正是始料而未及的了。變天之後，日本人「進出」，城西那兒廣場壘滿了也不知多少顆頭顱，有泰家的、秦家的、新泰秦一家的、別家的，從此以後都沒什麼壁壘可分的了。

小札

吐出了半杯酸的記憶，那是晚間才吃掉的自己腳印。感冒，腸胃弱，真不該貪食後現代以跟現代接軌。還好沒更吐，更吐，連嘔餿的古典也噴出來曝爛腐了。我把半杯酸記憶餵食給路過的餓鬼，換點他們吐出的炭，以消磨這個冬夜。千里之外有人送來了薑湯，已凍了，我們都不知該怎麼辦。他說：「你這不是有炭火？」我說：「這是我酸掉的記憶，暖了湯更酸。」一時也找不到破琴、阿房宮什麼的。我想起了我還有一札畫稿，他說他有詩稿，我們開始討論要暖了這個冬夜，還是清冷地就讓稿子繼續流落⋯⋯。

李組長這樣想著

近年來最令警方視為大敵的頭號槍擊要犯，縱貫線殺神土豆仁，這四、五年間在全省各地仍不斷犯案，殺人勒贖、姦殺婦女等案件又積了十數起。

剛過元旦，獵仁專案組長李組長這樣想著，土豆仁去年一整年犯下的殺、姦案僅有二起，這未免與前此太不成比例，到底是還有案子未發，還是他真的漸漸收手斂跡？不可能……，他的手段還是一貫的兇殘、無人性，「顯然案情並不單純」李組長這樣想著。

元旦過後一天，警方接獲線報，在某大賣場的電器部逮到了正在購買3D電視的萬惡土豆仁，經過極小規模的槍戰，只有身先士卒的李組長一槍被打掉左眉角，連骨頭都沒傷到。意外的順利，「一個精彩的故事不應這樣收場啊。」李組長這樣想著。

正犯逮到了，案子已沒什麼好偵查了。一方面罪證確鑿，一方面土豆仁非常配合筆錄，將歷年犯案經過都細細交代了，只是每供完一件罪案，土豆仁總說：「這很像真的吧？」很不重要的一句話，但費解，李組長這樣想著。

辦完了這一生中經手最大的刑案，李組長退休了。後來土豆仁槍決，李組長還去詢問土豆仁可有留下什麼遺言？得到的回答是：「聽不清楚，好像說什麼『這是虛擬實境』，誰知道？」

李組長想起了逮捕土豆仁押送回警局時土豆仁說的話：「你知道3D電視是怎麼回事嗎？就是你看到貞子真正爬出電視啦。哈哈，可惜我等不到立體投影上市了，最終的虛擬實境若是出現，也許我就不再犯案，治安會變好吧？哈哈，哈哈。」

虛擬實境能讓人不再真的犯罪？這太難想像了，李組長這樣想著。

回到家，貌合神離了二十多年的妻子遞過來上個月的交通違規罰單，丟下一句：「去銷掉。」就出門了。把罰單交給一手帶上來的學弟手上，兩個人都保持沉默，是沒什麼好說的。摸摸禿掉的左眉角，「我也不過是一個虛擬英雄。」李組長這樣想著。

哆嗦

西鶴年堂前菜市口又砍人了，新進的夥計阿寬頭一回見識，哆嗦了好幾天。老掌櫃說了：「頭回瞧出紅差，沒有不嚇得做噩夢的。好在咱們舖子正是京裡頭把頭的藥號，多得是上料足秤的安神丸散，你就儘把櫃上當是料槽，自個兒好好上料吧。哆哆嗦嗦還幫客人料藥呢！多寒磣！」

半年內菜市口又砍了兩回，阿寬沒能習慣下來，刷青的臉色不見改善，人就這麼足足哆嗦了半年。老掌櫃看看不是事兒，為著店面夥計整齊，只得辭退了阿寬。阿寬走時說了氣話：「堂堂一個天下知名的西鶴年堂，治不好人，還趕人走！」

過了多年，局勢越來越見蒙昧而危殆，也是個哆嗦的時代。憂愁的老掌櫃還沒死，正在後房解溲，一陣哆嗦，不大尿得出來，忽聽得外面人群喊起來：「砍革命黨啦！砍革命黨啦！」老掌櫃出來門前一看，赫然瞧見臉青哆嗦的阿寬在上綁的十幾個人當中。

最後，阿寬看著老掌櫃昏暗中帶著憐憫的眼，慢慢挺身不哆嗦了，他好了。劊子手讚得一聲：「好漢子！」也不踢他尾椎骨，就這麼反手一摑刀。老掌櫃平靜地看了一輩子砍人，卻頭一回濕掉了褲底，哆嗦。

糞草

天才亮，春娘在灶上蒸了饅頭，灶裡多塞了兩把麥秫，肩背起兩個籮筐，腰上還別了個竹簍，手抓著長長的竹夾出門了。什麼都可以撿拾，榆錢葉、牛糞餅子曬乾，可以燒灶，腰簍子裝野菜、野薯。運氣好些，還可以弄到一些地骨皮、魚腥草什麼的，積多了上鎮裡藥舖子賣得幾文錢。

可春娘一路走著，並不盯著地上瞧，嘴裡輕聲哼著小調，到了牛背坡，臨近褚家園子邊的小徑上一邊緩步，一邊左右探看。看園子的褚小六一下從草叢中跳將出來，落地便矮身竄入春娘懷裡，一直身，把春娘扛上了肩。春娘搥他，兩人低聲笑笑鬧鬧奔入了林草深處。

日頭掛上了，臉兒微紅沁汗的春娘家去，自家的瘠田上她的漢子苦根正忙著地活兒呢。走近了些，苦根看著春娘背上、腰胯的竹編簍子都沉甸甸的，把豐實的兩顆奶子掐得更為肥滿，不由得胯下也有感應，但，當然不是時候。

春娘提起了地上空著的瓦罐：「根哥，這罐子小了，趕明兒集上再買個大些的吧。等等幫你煮一罐青草茶，連飯食一道送來，噢。」

「噯，我說，怪咱們窮，是苦了你啦。趕天沒亮這麼一會兒，幾個竹筐都給拾得滿滿，比我還累活兒呢。」頓了一下又小聲說：「晚上我得得力些，等娘抱了孫子，你雜活兒也少幹些。」左右一張望，扶了兩下媳婦的怒乳：「好好奶孩子得了。」春娘一縮身，臉整個上紅：「啐，外頭別這樣。」

孩子下地之後，春娘一樣天亮就背上籮筐出門撿拾，可收獲一下子少了許多，常常沒一筐裝揀得一半兒。她不再往牛背坡那方向走啦，那陣子可等長了夜夜揀拾幾簍糞、草等什物的褚小六的脖子啦。

一個早上，褚小六在馬蹄溝那兒堵住了春娘，怨春娘久來都不再找他，說……種是他下的。春娘卻說：「論輩份，苦根哥算你不出五服的兄長，你一個半樁小子說出這種冒犯兄嫂的話，就不怕族規？」放軟了聲音，又說：「別怨嫂子不疼你，你苦根哥這陣子病得不行了，還能留得幾天呢？這時辰嫂子要再害喜，不被你活活坑死了？」

小六扭著手指：「那咱們往後怎麼辦？」春娘羞笑了：「我都三十了，你過兩年也可以娶媳婦兒啦。等你苦根哥走了，姐姐不嫌你窮，自己身子也願意自己做主，你怎麼說？」

春娘沒想到小六一跺腳就說：「姐姐，就這麼說！」春娘呆住了，傻傻看著小六卸下自己的背籮，將糞啊草啊地瓜啊什麼的，統傾到她的籮筐裡。

羞紅的春娘只得苦笑：「你這算是聘禮啊……？」

我不會寫小說

我把我國中三年的故事寫了出來，繳了現代小說課老師出的作業，其實我也不會寫小說，只能想到什麼寫什麼而已。雖然心想，分數應該不高吧，沒想到老師竟然說我「很會寫小說」，「有布局、有包袱，角色的塑造及各自擁有的對話風格都很清晰、有力。」

唉呀，原來這樣就可以寫小說！於是大二開始，我寫了三年小說，大學畢業後又寫了十八年小說，一生實在就以小說家為職志了。獎得得不算非常少，十來個總有，卻沒得過大獎，也沒出過書，但很多人都知道我是個作家、小說家，紅不起來的。

不要說我都不自知，有幾回我也想放棄的，幾次去找了大學時代小說課的恩師商量，我懷疑自己天分是不夠的，也許小小才器終究只能是末流文人，八流小說家。要我舉出誰是我的忠實讀者，大概只有內人吧。我幾番試探，甚至疑心恩師也沒讀過多少我的作品。只不過他很肯定地說，懷才也要有時運，還說有些人成大材的確只在奮戰不懈之後的晚年，甚至是死後，叫我不可放棄，不要懷疑自己，猜疑自己是不會寫小說的。師恩如山，每次都幫我打滿了氣，所以每次我也都能重新出發。

現今我都超過四十歲了，活了四十年來的故事也塗塗寫寫得差不多了，在這種內外俱乏的時刻，恩師卻走了。今後我怎麼辦？我的小說世界從沒被外界真的接納過，唯一肯定我的恩師又倒了，確然地，我只剩下內人這個唯一讀者，本來我還算是兩個人眼裡的小說家，現在，我要繼續當這「一個人的小說家」嗎？

電話響了，接起來是大學的學長，恩師的入門弟子、指導學生，現在是出版界的大主編了。說是恩師遺言交代他一定要幫我出一本小說集，要我把歷年作品寄給他，他好選輯。太突然了，我只能先唯唯應著。

考慮了幾天，我也沉默了好幾天，一向不出意見的內人第一次說話了：「就做我一個人的小說家也沒什麼不好吧？」

於是我回電話給學長：「其實啊……，我不會寫小說，是恩師誤會了。」

終於，我不必再對著空氣訴說我的一生了。我的一生，內人可都清楚得很呢。

唉……。

巡夜老爺

杭城胡元寶，一代鉅富，一生精明，所求皆遂，唯有一事，倒栽了。

元寶發跡之後，將所住元寶街整個買下，造大園子，廣納姬妾，以生育百子為志。所納姬妾將及百，便起了一樓廣廈，號稱「百獅樓」，以聚群姬。

悠悠歲月，坐五將六，元寶卻才生了五、六十個小元寶，帶二、三十個千金。元寶一生營生，未有孳息如此之寡者。其實元寶雖近中老，天賦異稟，除了公忙，說得上是日日御女，夜夜開彩。五十八歲那年，因外場事務大多交給幾個成年的兒子打理，自己待園裡的時候多了，也就多注意治家之事。稍一冷眼，元寶看出危機了，實在說來，舉家奢靡那可不能說不是意料中事，無暇顧及罷了，又想到子孫兒輩幹事闖業的本事，無一能及自己十一，到了那一天，自己撒手了，一大家子日子還這樣敞著淌金漫銀，雖說是底子雄厚，也終有星散天涯的時候難逃。

要教這一大家子節儉、物力維艱嘛，可不是件易事，金屑銅芽舞弄慣了嘛。元寶心想，釜底抽薪窮追一事好了，百無禁忌的百獅樓便懸起了一項禁令：戌正起不舉燭、點燈。

元寶當夜住在的屋裡自是不在此限，其餘的房裡，一到戌正，也就是晚上八點鐘，必須滅燭。初始，這群鶯鶯翠翠雖說沒人敢於衝撞元寶老爺，但戌正滅燭實在教人無法過日子，總陰違著。到得老爺處置了幾房姨太太後，大家乖了。

乖了的意思並非真在戌正滅燭，倒是人人房裡置備了厚絨黑布幔幾幅，好遮窗光透出，還派小丫頭望風。那近六十的老爺開始夜裡巡風，更夫似的。

夜夜巡了幾年，倒把百子之事淡忘了。此事倒栽，乃元寶老爺臨終唯一之憾。

狗夜

「你還不睡呀？……大半夜了，怎不睡？在想狗弟啊？」

「怎麼知道我沒睡？就不許是被您吵醒唷？」

「別裝啦，你那個呼嚕聲你自個兒聽不到，咱可是天天受罪。今兒倒不吭了，是在想狗弟吧？狗弟都十多歲啦，就不病，一條狗也不能再撐幾年，讓狗弟安心去吧。」

「我知道，可您想，狗弟啥也不會，架還打不過貓呢！一輩子愣只學會坐下、握手，這會兒沒了咱，自一個在陰間裡怎麼過活？整天只會討吃，被欺負了怎麼好？」

「你這純粹替古人擔憂，興許閻王爺瞧狗弟愣圓愣圓地逗趣，就豢養著，誰知道呢？」

「是這樣就好了。這麼說，您說往後咱死了，到得陰曹地府，狗弟體面地趴閻王爺腳下，見了咱還認得不？」

「認得認得，狗弟可是在你懷裡斷的氣呢，怎會忘記？不過啊，倒是勸你別試。」

「怎麼呢？」

「你這一喊坐下、握手……，閻王爺一拍驚堂木，罵你好大鬼膽……。」

「噫，這時狗弟總要保保咱吧……。」

「會的會的，狗弟慣常在你床上跟你睡一窩，什麼交情你說？」

「好吧，能保咱，足見狗弟沒受苦，這咱就該放心啦。」

「你放心，睡吧。」

「欸，睡吧，狗弟。」

文明

阿狗這樣說：

豆製業者乳霖化技術與精緻花生農業合作之生產工業，早已成熟。其最重要者在含水量析定與溫控穩定性之配合，另外，物料熟成之時測亦是研發產品之成敗關鍵。最重要的是，前面二條製程線各依計劃步驟完成後，以定比定例於量製合金坩鍋中反應合成，並實測其分子平衡勻對。最後調入定比定量、濃度精準的第三條製程精工完成之薑料調成液。再次實測分子分布之平衡勻定，經品管部取樣檢查合格，即完成出廠。

阿狗他爸這樣說：

阿花生豆花要熬得棉爛點加薑汁才好吃啦！

筆拙

作家對著空白的紙發愣，寫什麼好？總不能隨便寫寫。換坐電腦前，面覷著發白的螢幕，腦殼裡亂糟糟，卻一樣沒什麼能寫。

看著床上熟睡的她，鼻息微微，無限靜好。他只想擠進被窩去抱著她，輕輕入眠。但是不行，幾天以來，白紙還是白紙，空白螢幕還是空白螢幕，可以怠惰嗎？「好歹我是個作家啊！」他想。

晨起，她伸了個懶腰，走到書桌邊，從趴著鼾睡的他手臂下，慢慢拉出一疊字跡滿滿的稿子，翻了翻，竟有九頁，是一篇接近完成的小說吧。

她又把電腦叫出休眠狀態，只有不著一字的文書軟體空白頁面。不想吵醒他，她換好了衣服，提起簡單行李及書包放在門邊，穿鞋。

忽地走回電腦前坐下，打了一段字：「你不愛我。說好的情書一忘再忘，你心裡沒有我，只有你的文學。我，只能選擇離開……。別了，吾愛。」

無法

綿延二十里地的蘆花蕩，是虎二掀子的地盤，複雜的水道正是他混世的本錢。捱近蘆花蕩的十來里官道，則是虎二掀子一幫的獵食場。鄰近的縣城、四鄉，誰都知道走這條官道得攢著槍隊隨行。沒王法了不是？

是沒王法，打從有王法的那朝代起，王法在這僻遠的地界上就有點兒貧禿。到王法倒了，改成約法，像也沒與這兩畝地約成。北洋軍爺來了又走了，來了又走了，縣城商會好容易買動了一個番號的官長出兵靖路，卻只得派出一個班的營混子，朝蘆花蕩響了兩排槍了事，興許略略吵擾了虎二掀子打中覺唄。

待得商會清楚了官軍不可恃，只得再籌經費禮聘城裡開武館的郎二爺組織民團，派出護路隊追剿虎二掀子一幫。

也是郎二爺手底硬紮，槍法頂靠，加上幾個得力弟子認真編組訓練地方精壯，為患一方的虎二掀子一幫竟真個消聲匿跡。好郎二爺，真虎威啊！絕不是什麼二掀子、三斧頭可以同日而語哪！

由於成效極好，商會更加信靠民團，錢糧支應充足，真成了安靖地方的一支堅強武力了。

以上，平定虎二掀子的故事說完了。但還有一點餘緒，抗日那年月，蘆花蕩的虎二掀子一幫重出江湖，這回不劫民了，是個沒領番號的游擊隊，專殺日本鬼子。最後虎二掀子的下場不好，被鬼子抓殺了在前朝縣衙門口剝皮示眾。城裡人一看，「唉呀，那不是維持會會長郎二老爺的大徒弟胡二顯麼？」

又是春草
二、三月

奇豬

我是一隻法拍豬，七百斤，當神豬不夠，當寵物太肥。法官命令，法拍了我，不准屠宰及當作肉品販售。這也就是說，我被免了死刑，包括私刑，也不致死後被分屍。因為法官說，公門好修行，不能致冤死。我沒有罪，更何況是死刑呢？

可是誰肯買我？誰要寵我？誰要拿我當寵物呢？七百斤。就這樣，我在法院的保障下，吃著平淡無奇的公家飯，等待著一個不可能的家。

公家的伙食費是一定額度的，不可能讓我吃飽，但雖每天餓到半死，畢竟是餓不死的。半年後，我變成三百斤，有腰。論到當寵物，三百斤總比七百斤像樣些，說起來被法拍出去（認養）的機會也應該大些，可是也大不了多少，誰家養三百斤重的寵物來著？

閒著也是閒著，我開始在法院幫我特別搭建的臨時收置所裡鍛鍊身體，再過半年，我肚子有六塊肌，變二百一十斤，食量也適應了標準伙食費。這就開始漸漸有人欣賞我了，假日到法院排隊跟我面會變成這個城市新興的小娛樂。

很快我被競標法拍成功了，據說結標的價碼可以蓋一棟樓房。

公爵家裡衣食無憂，他每週所辦的宴會我都參加，有專門的裁縫幫我縫製禮服，馬甲、燕尾服等等，我的衣櫃比我七百斤時在法院的臨時收置所還大，三倍。

既有法官的嚴令，加上公爵的富可敵國，我想我這一生是只剩下好日子了，是吧？雖然如此，我很自覺，沒讓富裕的生活沖昏我的頭，雖說是豬腦。我知道大家為什麼喜歡我，為什麼重視我，我仍要求自己過著節制飲食、每日鍛鍊身體的日子，我更精壯了，八塊肌、人魚線。

又過了半年，大家也許看慣我，風潮已經過了，我也漸漸被冷落了。公爵還是對我很好，供應充足，且可動用他某些資產，他是個好人，只不過現在對我沒了興趣，不太見我而已。那麼，我要不要停止自制，放鬆自己再回到七百斤呢？

各位朋友，你們都看見的，在公爵家中這二十年來，我並沒有放下自我要求，雖然八塊肌已經不再，但我現在只有一百六十斤了，這骨架像豬嗎？但我的確就是一頭豬。我證明了豬不是只能吃跟被宰，但是他們沒有機會發展除了肉以外的品質。蒙公爵支持，我和公爵及退休法官所成立的「尊重動物協會」也十五週年了，今天在年會上，我將親筆簽下「器官捐贈卡」，完成我這一頭豬徹頭徹尾的本分，只要你需要，吃了我都行，但不要認為動物只能被宰、被吃，任何動物。

與子偕老

自從阿公死了，阿嬤的精神就差多了，一輩子恩愛的支柱倒了，這也難怪。半年之後，憔悴的阿嬤說事業太大，她照顧不來，要收起花卉栽植，專心種植芋頭。整個家族一片反對聲浪，連農會幹事都跑來「晉見」阿嬤勸說：「阿嬤，安捏甘厚？你種的花卉國際知名，還行銷海外咧。」

的確，早年留學荷蘭學花卉種植，還拿了洋碩士的阿嬤，是國內重要的花卉農業專家，一生的奮鬥、堅持，後來她自己及她培育的花卉都成了國寶。在這個以芋頭聞名的農業小鎮，當初在家族裡可是掀起一場家庭革命呢。阿公學歷沒阿嬤高，只是個農業土學士，但也是學有專長的知識分子，三十歲時，在家族的一片罵聲中辭去了農林廳的工作，回鄉說要種田，種芋頭。大家說他瘋了，官不做，要回家當個泥腿子。讓家族高興的是，他把廳長留洋回來的千金娶回家了，說起來也是家族不盡的光彩。

憑著阿公的寵愛及娘家的聲勢，家裡的地到底讓出一半給阿嬤種花了。家裡老人雖覺得種花什麼的只是千金小姐的奢侈生活，但媳婦總是官家的女兒，嬌寵點也沒辦法，加上家道殷實，田收就減一半，日子也還從容，也就算了。

沒想到這對腦生反骨難以駕馭小夫妻竟是家裡的龍鳳，不但阿公幾次改良的芋頭種得有聲有色、全國知名，阿嬤幾年艱辛下來的花卉事業更是屢獲國際花卉農業大獎，產值還比阿公的芋頭改良農業高出不知多少。

其實高出多少查帳本就知道，但誰在乎？家裡的老人家整天提起他們夫妻就笑，從此家裡事他們小夫妻說了算，龍鳳嘛。

龍昇天了，鳳變成老佛爺，廢棄花業大家雖然覺得震撼、不能接受，但老佛爺說一聲要自毀長城，滿朝文武又有什麼辦法？家道歸於平淡了，是沒有阿公在時的熱鬧烜赫，爹娘一輩的也只有認了，偷偷對我們埋怨阿嬤的顢頇，緬懷從前的花團錦簇，說阿嬤老了，糊塗了。

我也喜歡花卉，這個暑假陪著略為恢復精神的阿嬤打理芋頭田時，也忍不住問她，關閉花卉事業真是毫無道理。阿嬤則這樣告訴我：「種芋頭是最快樂的事了，可惜我以前只會種花。憨孫，你最快樂的是什麼呢？」有很多吧？可也許我還不知道，我只是個少女。

敗績

吳鏢頭叫作吳志奇，這雖不是秘密，但整個鏢局裡只有幾個帳房管事知道，連總鏢頭跟同儕都喚他吳麻子，趟子手跟雜工則叫他吳鏢頭，壓根兒沒人記得住他的大名。吳鏢頭綽號「鐵拳」，局子裡倒是大家知道的，然就是出了鏢局也並沒有輪他報萬兒的份：「在下人稱鐵拳吳志奇。」故江湖上也就幾個同行朋友知他吳麻子哥號稱「鐵拳」。

吳麻子鏢頭這行飯吃得很穩實，雖然不大傑出，但久來大家都知道他手底硬紮，幾次護鏢遇上動手的辰光，他總能放倒幾個，即便拚得一身皮肉傷，鏢局上下都視他是走鏢的好手，雖不是太重視，卻承認他是得力的。至於他的武功究竟好到什麼程度，這沒人考究過，反正再高高不過總鏢頭，不是嗎？不論勝敗，路上鬥匪酋的總是總鏢頭或副總鏢頭，哪有他麻子哥出頭叫字號的份？能把嘍囉多收拾幾個，已經是能手啦，當然不能對一個普通鏢頭寄予過多的期望跟要求，例銀才多少哇？是唄？

這回吳麻子哥可鬧笑話啦，告假兩個月，大家以為他回鄉下探親，誰知山東那兒的同行卻輾轉傳來消息，說咱們江南一帶一個鏢局子鏢頭姓吳的，跑到泰山參加武林大會，還去打那爭奪武林盟主的擂台，在擂台上被一個匪類，武夷派玉面魔的大弟子金蜈蚣劉彪給一腳踹下台。吳麻子銷假回來，大夥兒忙動問，他只得訕訕地承認了。總鏢頭這樣論斷：「這吳麻子身手再紮實，也不過會得一手太祖長拳、岳家散手，能耍一套四門刀、五虎斷門刀，都是流傳極廣的武術，不是什麼秘學，這在江湖上走走可以，要說是武林爭雄，沒門兒。」總鏢頭是武當派出類拔粹的俗家弟子，武林中有他的地位，說出話來自是人人點頭稱善。

　　吳麻子雖沒爭到那武林盟主寶座，大家也只是笑他，並沒就此瞧不起他。本來嘛，一直以來，在野地裡殺起強盜，他麻子哥就是一把能衝能撞的硬手，不能因為他奪不到武林盟主就說他不成，不是嗎？

　　後來走鏢到武夷山，吳鏢頭倒是極露臉地證實了自己的武藝，不是玩兒的。劫鏢的盜夥和鏢頭們各死傷一半，總鏢頭也給領頭的劉彪削去右膀一塊肉，劍快抓不住啦。情勢危矣殆矣，吳鏢頭丟下了嘍囉跳過來把總鏢頭替開，吳、劉兩個老相好便豁命狠鬥起來。

　　這一役，吳鏢頭一共被劉彪踢翻三次，刀口被蜈蚣鉤砍得變成鋸齒刀，可最後用幾道皮肉傷口卻換來劉彪的腦袋。剩下一半的群盜看首領飛了頭，那掄鋸齒刀的浴血猛漢大聲喊殺衝過來，都是無心戀戰，一哄而散。

回鏢局之後，總鏢頭心灰意懶，便辭走了，換他的師弟繼任總鏢頭。吳鏢頭則照舊，除了大夥兒喝酒時愛嘲笑他爭武林盟主之外，他這平庸的鏢頭還是幹得挺愉快的。

論起一生打鬥無數，實在鐵拳吳志奇僅只敗過爭奪武林盟主那一次，因為，被踢下台就算輸。

陰鬱

飯桌上寂寥，誰也不吱聲。二姨、三姨略動了幾筷子，絹子按了按嘴，先後起身走了。四姨沒見著，剩下一臉無所謂的五姨，和一臉淡愁的六姨。

進門才半個多月的六姨也只有覷著人稀，又看五姨面慈，乃敢細聲說一些話：「五姐，四姐又不見，敢是陪著老爺吧？」

五姨說：「四姐身子虛，看是又起不了身啦。妹子你多吃點兒，別像四姐鬧壞了身子骨才好。」

「五姐，我就不好問，怕人說我爭寵輕狂，可我……進家門也半多月了，通共也才見過老爺兩次……，我……。」

五姨笑了：「還沒圓房是不？」六姨燒紅了臉低咬著頭，羞得淚都滴出來了。蚊聲囁囁：「我……只是等得怕，怕得慌。」

五姨放下了筷子，輕聲一嘆，湊近了六姨，說：「這幾日你夜裡睡哪兒？」六姨稍稍鬆開脖根，還惦著頭，身臉又愈加燒紅了：「在……夫人那兒呢。老爺說夫人身體虛寒，被窩裡睡不暖身，要我跟夫人並頭睡。」

五姨輕輕拍撫她的頸項，也低沉著聲音，說：「只是睡覺？夫人在被頭裡都對你做些什麼？你心裡有數，也說不出口，是吧？我也說不出口。你只要記著，你進了這個門，是夫人的主意就是了。」

六姨不確定自己聽懂了五姨的話，只好又問：「五姐是說……咱們是夫人的人，不是老爺的人？」

「這是命，咱們命苦，身子不是自己的。要是不認命，像四姐，長年稱病，是省了折騰身子，但日子可就過得淒慘了，連下人都敢欺她。」

姐妹子這一席說話，說得倆抱頭垂淚，相憐相惜，於是五姨噙著淚捧著六姨小臉柔聲說：「妹，夫人就寢還早呢，要不先到姐房裡來？」

皮各族傳說

皮各人的傳說，世界的源起就是秩序。遠古的人類跟神一齊過活，在神的治理下，人們安心生活，不必有什麼思慮，每天在神的秩序中放縱自己的欲望就可以了。沒有人可以傷害別人，在神的有力管理之下，一切的犯罪不可能發生，完全看不到如現在世界永不止息的爭奪、虛偽、狡詐，也沒有不正義。這樣的天堂，除了是因為神的力量、神的關注，還因為人們根本不會有爭鬥的理由。人們的一切所需甚至不用依靠自己努力獲得，神供應一切，神照顧每一個人。全然不像現在，神的愛已淪為口號，人們在匱乏中用盡一生的力氣爭取活下去、活得好。這世上所有的不均、不公平，所有的勞苦，所有的殫精竭慮，都離遠古的神人父子時代，相去太遠了。

老人帶著孫兒在豬圈理豬，一邊就把族裡祖先的傳說這樣一代代流傳下去。

有鬼

胡蒙常到外地出差，外宿的經驗實在太多，所以每到旅館住宿，諸如進房先敲門啦、先踩腳踏墊啦、先沖馬桶啦……等等，不管什麼十二禁忌、十八要點、三十六門道他可都熟練得很。這一套他很在行，也很在意，總是認真行禮如儀，深怕對「X」有所沖犯。一直以來，也都平安無事。

可雖是這麼一個謹慎、虔誠、多禮的人兒，也不定就準能終是無事。於是就出事了。

真的，旅館裡胡蒙應嚴妻所令，準時架好了平板電腦，打開視訊，跟老婆報平安。

太太忽然驚叫：「你那房間不乾淨……，浴室裡有人影……。」胡蒙愣住了，愣住了有一會兒。

「老公！老公！你怎麼了？阿彌陀佛阿彌陀佛……，好兄弟、好大姐，求你……，老公老公，你說話啊……。」

胡蒙終於愣完了，在視訊鏡頭前站起身來，唸唸有詞，四方合什。就在背對鏡頭、面向浴室那高聲、短暫但聽不出內容的禱唸後，啪，浴室燈熄了。

「老婆，別慌，剛剛我唸了一通吳老師教我的鬼咒，看來有效，那好……姐妹應該走了。你不要擔心，乖啊，我明天早上開完會就回家。」

回家之後老婆硬逼帶著胡蒙跑了幾處神壇收驚，還讓幾尊神爺又收為乾兒。也許是驚收了就不驚，胡蒙沒在怕的，還是很喜歡常常到外地出差。自此，倒也真沒再發生過什麼，胡蒙也知道老婆提心吊膽，往後入住旅館是更小心的啦。

後記：後來胡蒙也在視訊畫面上看到家裡隱約的鬼影，他……怕老婆驚嚇，沒說出來，但自此不再出差。他認為他常常不在家，導致家裡陽氣不足，太陰了，惹鬼上門。

最後，兩方都蒐到了對方外遇證據，互告離婚。

毀希錄志林．畫皮

拾花暫住流連，春風入隙，無處藏幽。探看今朝，露稀鳥啁，甍晦天白。信步循溪，綠泥油潤，赭石凝碧。睹一嬌兒浣衣磯上，顏色朦朧，淡韻如蒸；既搗既挼，汗矣；遮袖索臉，霑盡收矣。生俯置拾花水也，俄竟搗散，汁血冥迹。生大驚悲，捧心如絞。更見女容，旨滑玉髓，而無五官，如混沌之未鑿也。不由大慟，擰眉嘔血，精紅四濺。女顏玉盤，亦承數滴，遂畫成愁，眼如娓語，唇如櫻綻，憂笑咸宜淚也。

核子復仇記

攻下這個島嶼的前夕，指揮官這樣和他的參謀長說過：「這是一場不必要的戰爭，是沒有實質好處的佔領。相信我，最後倒楣的不會只有我們軍人。」

孤懸海際的這座大島，多麼苦難，又多麼幸福。先後被幾個國家統治過，這樣的苦難，最後他們自主了，屬於島嶼產出的富庶終於歸屬了自己的土地、自己的人民，但他們的島民性格多麼和善、多麼善忘，多麼幸福！

他們對於苦難的忍受是堅強的，他們對於苦難的抗拒是優柔的。我不能詳細訴說他們吞忍的諸多侮弄，你也在他們安足的笑容裡讀不出這些，我只能略說一下這個島嶼淪陷的主因。

這個島嶼對世界充滿善意，不因為幾個強鄰與自衛而發展核武，卻為了不明原因蓋了六座核電廠，一個幅員僅三萬平方公里的島嶼。核電廠興建的理由，官方及電力單位的解釋，即使到了島嶼失守、亡國了數年的今天，仍然意義不明，沒有人能真的搞懂。前三座核電廠很順利地完成、運轉，因為那差不多與世界同步，第四座的興建卻引起了島國人民強烈反對，那是因為島民對核災的認識也與世界同步了。他們認為，不能以核彈對外，也不能對內。

全世界都知道核災的可怕，事實上某些國家也發生過好幾起了，「非核」這種人類自救的療程，島國政府豈能不知？這真的無人能參透了。第四座核電廠轟然蓋成了，第五座又悄悄開工，島國開始陷入了一個不安的年代。此一時期，鄰近的幾個國家都是鷹派掘起當道，島國這個鷹派絕種的肥土正式進入內憂外患的時代。不論北方、西方、東面，都是核武國家，島內第五座核廠工程也過半，第六座核電廠竟也圈起開始整地、設計。移民潮漸漸產生，走不出去、不願走的，繼續留在島內與核電廠的興建做相同進度的抗議。

國際評論與島內政論節目開始長期討論這個島嶼最後將失陷於國外的核武還是島內的核能。但是當然不會有結論，一切要等事實來證明。

結果證明指揮官說得不錯，雖然完全不必動用核武就把島嶼攻下佔領，但統治了兩年之後，即開啟了陸續處理核災的束手無策時代，幾乎把偌大一個國家也拖垮。西方國家面對東方民族的武力、經濟種種全面性征服的危勢，也稍稍喘了一口氣。

而島國歷史的終章，學者公認結束在核能時代，島國復仇的預謀，史稱「前瞻性核子炸彈客政策」。

明早八點致辭講稿

經過了近千年，生物學家說這是難以置信的速度、神的速度、證明神存在的速度，人類及地球大部分物種的基因自我改造、調整完畢，不再恐懼核幅射，雖然人類早在七百年前就停用了這種落後的能源。近千年裡，還存活的人類不斷努力研究核幅射對人、物、環境的傷害及救治方法，但成效有限。

當然，越研究到後來，取得的效果會較大，但這絕非只是因為研究成果的累積所致。近三百年來，已經證明了人類及某些物種的存活開始不再那麼「反核」，身體的結構改變了，基因也在生物間不斷發生突變。漸漸「適核」的人種、物種開始出現，他們的後代一代一代更往「適核」的基因發展、改造。沒產生適核變異的人與物種開始衰退，約在一百五十年前消失在地球生態中。

「核污染」這個詞及詞義隨著時代環境改變，也已經隨著專制極權、霸權、父權等的古代野蠻陳跡一起走入歷史了。事實上千年以前古人所造成的幾個大規模「核災」所改變地球環境、對地球環境的影響，至今仍很顯著，但這在古人那種未進化的體質來說，是「污染」，是災害，就今天人類的文明身體而言，卻是可以無害的。即使有害，也差不多等於過度曝曬紫外線的程度罷了。

人類昌盛！文明萬歲！這近千年間的古人們，雖然處於基因改造煉獄，承受了數百年「不適核」的慘境，我們知道他們是無盡痛苦的，但就如一鍋絕味的紅燒蹄膀，長時間的熬煉總是不可避免。現在我們所得到如此優異完美的體質，不單在於上帝的造人，還在於人類自身文明核能的長久熬煉下，才能達成。

我們不敢自比於神，但的確已向神的境界更進了一步。

遵照古人的習慣，我們為過去千年間犧牲熬鍛於人類古文明之火——核能，而倍受痛苦的人類改造功臣們，我們那苦難的祖先們，樹立一座「文明前古人類進化犧牲紀念碑」。

紀念碑揭幕儀式的致辭到此，謝謝各位。

豌豆公主

睡得出二十層羊毛毯加二十層羽絨墊底下一顆豌豆顛疼的公主，那絕不是皮肌的觸感可以達成的，那是探測器級的精密了。

除了公主，以及伺候過公主的人，很難知道或體會公主這種惱人的天賦、惱人的靈敏。我們不相信這種才能存在，或者說，我們不相信誰可能擁有這樣超乎想像的才能，除非神。但我們畢竟科技不斷進步，漸漸證實了以前我們不能從實物直觀的感受了解，也不能想致的種種新知識。諸如動物的種種不思議才能，狗的嗅覺、蝙蝠的聽覺等等，超乎人們感官所能覺知的現象太多了。

遠在上個世紀的七、八十年代已經有科學家開始研究「公主」、「公主病」了，後者主要是以心理科學為方法，認為精神匱乏與過度敏感等乃是公主們顯得一切難以忍受的原因。前者不同，前者研究具體的「公主」實體，也就是認為公主病不全然是心因性，其主因應該是器質性的，也就是說，她們的身體感官的確與常人不同。這個部分的研究一直是非主流，很少人會相信，也很少人研究，所以世人也鮮有知者。

直到本世紀初，天才科學家溫生博士（Dr A. L. Winson）才正式提出了「公主人種說」，公主這種人種，體質的確與常人不同。雖然學界普遍反對「人種說」，認為公主即使體質、體徵與正常人有別，但那只是一種人體的變態、病態，完全不足以成立一「新人種」。

溫生博士的研究尚未完全完成，目前提出的「公主體徵」主要有十三個正項，為鑑別公主的主要依據；又有二十六個副項，並非所有公主全然具備。正項裡主要提到公主的視覺、嗅覺、味覺、觸覺等的靈敏度各是常人的十二倍到數百倍不等，詳細數據請參看溫生博士在海德堡二〇〇三國際科學年會發表的論文。另一個重點是這些敏感官能極易受損變異，非常脆弱。所謂受損變異，並不是說受損而減低靈敏度，而是感官產生變異或聯通，例如不夠新鮮的食材（或比如這支羊腿死前踢痛了腳腿，雖然完全沒受傷），在她們過度靈敏的味覺、嗅覺下可能轉為兇猛的惡臭，其敏感度甚至還會提高。因此公主們的種種敏銳也常常帶著一些變態，甚至嚴重扭曲心智。

溫生還有一個重要主張，沒有人同意，但他自己認為才最為關鍵。溫生說，真正的公主其實近乎靈媒，不管她們自不自知，她們的精神、靈感有如精密無比的探測器，既超越人類本有的種種官能，也可能較她們自己多倍於常人的官能還更為敏銳、細緻。溫生表示，他曾無數次重覆二十層羊毛毯加二十層羽絨墊底下一顆豌豆的實驗。根據物理法則，再敏感的觸覺也應當無法覺知那傳導過四十層軟墊應可視為數值零的顛突，這，最可能的是精神的探測、感知。但是，溫生博士也不能完全肯定了。

誤會大了

杜若教授今年四十六歲了，學術、文藝著作一堆，幾個弟子也成材，什麼都順利，一輩子的拚搏，換來在同輩間傑出的成就。就一件，感情總談不好，他多想安穩和一個人好好廝守一世，可是沒有成功過。可能因為他……真的很遜吧。

這輩子離開杜若教授的第十七個女子Q小姐，正與剛和杜若分手的W小姐喝著小茶，談著小碴呢。某個朋友婚禮上認識的兩個人一見如故，漸漸成了姐妹淘，無話不談久了，才發覺彼此都忿戀過杜若。於是她們的話題更親密了。

W說：「你早跟我說，當初我就不用多猶豫，拖了一陣才分手。」

Q說：「我們那時剛認識，我哪知道你在跟他交往啊！不過我想，你應該早就看出被他騙了吧？大家都以為他多了不起，其實只是個笨蛋……。」

W忍著力捶了一下桌子：「對！太對了！真不知道大家在崇拜他什麼，唉，連我都被他騙了。他好笨拙，從來都聽不懂我的話，做什麼都做不好，他的學生還以為他是天才呢……。」

Q說：「對啊，他根本都事情亂做，該寫的東西每次都隨便趕出來交差，真不知道怎麼當上教授的……。」

W又捶了一下桌子：「就是嘍，還詩人呢，詩集還出一堆，還得獎……。都假的，都假的，不要說浪漫了，他的生活那麼雜亂，又沒品味……。」

她們的另一個姐妹淘，X小姐，聽了一下午她們的牢騷，這時開口了：「你們都跟他在一起過，他的那麼多作品、論文，是有誰幫他寫嗎？」

Q說：「倒都是他自己寫的……，不過……他都亂寫，他其實沒有大家認為的那麼聰明。」

X小姐微微一笑：「英雄習見亦常人……。」

W與Q互看一眼：「X，你不懂，不過以後你也許會懂……。」

她們都懂了嗎？X後來會懂嗎？這我是不懂的，我只是很悲觀地覺得英文字母當初設計為二十六個似乎是應該不夠的……。

換牙

陳麗實在很漂亮，自然天成，一出現，能把路人驚呆，交通紊亂。淺淺一笑，校園裡的男孩全部化掉。不過她最多也只淺淺一笑，因為她滿口爛牙。可是，陳麗實在很漂亮，這個年輕的學者開的課總是爆滿，男生女生都愛她，一口爛牙雖是缺陷，但她已經美到蓋過這個缺陷了。

講課嘛，總不能都用喔、盧、苦、魚等這些字眼，她當然知道爛牙是絕藏不住的，年紀輕輕就當了大學執教的學者，是有她冷靜知性的一面，這口爛牙的苦惱，人看不出，每一個「稀奇」、「迷人」之類的詞彙其實是在針針錐她的心，但人看不出，總覺得她並不自矜自己的美貌，也不為爛牙自醜自嫌，根本是心智完美的，完美的女性。甚至，覺得她的爛牙稍微可惜的人們，從不敢說出口，怕被笑罵外貿協會、以貌取人，怕被陳麗的親衛隊圍剿，說不厚道，說褻瀆了智慧女神，說物化女性。不但不敢說出口，就連靜時面對自己心裡這點「可惜」，都覺得自己是不是有些低級了？

陳麗這麼漂亮，很難不是追求者不斷。但並沒有，不是沒有人追過她，沒有就沒天理了，可必是那種種條件皆優的男人才敢懷著忐忑昧死的決心追求她。卻一次也沒成功，陳麗總是一次次婉拒了。有時候看起來陳麗似乎有些動心，但後來總是婉拒。大家想，陳麗這麼漂亮，而且不只漂亮，這麼不算爛牙的話就是完美女性的她，誰有這能耐追走啊？要是陳麗有一天真被追走了，校園裡比驚訝、傷心更濃重的，一定就是疑惑。陳麗怎麼會被追走？地上什麼都可以一雙雙，天上的月亮可只能一顆啊！其實也不是大家不祝福她，只是大家想不出什麼樣的幸福才能配得上她的美麗與完美。

終於有一天，一個人才普通的小講師到任，才與陳麗稍微熟識就在「兩個同事間正常的共進午餐」時壓低聲音地喊：「天啊，你一口爛牙怎麼不去看？給牙醫整一整都整齊了多好？」陳麗羞怯地說：「從來沒人跟我說過我該去看牙，我一個人也不敢去。」

然後，陳麗得到了一口有真有假的整齊牙齒，及一個和她相愛的丈夫。但同時，校園傳奇也消失了，陳麗得到了一口好牙，絕對比以往更漂亮三分，但這個美，在大家眼裡已經不那麼特別了。

不特別就不特別吧，這也很好，至少陳麗得到了幸福。

囈語

這個世界是孤獨的，我只能孤立自己來成為自己。當自己是好的，他想，雖然並不快樂。

當大量絕不精確的軟性及尖銳的詞彙被製成二十八種組合的波濤，對於大部份安居陸地的人們而言，絕對以為海洋的壯闊是一種虛構而粗野並且難懂的未曾進化之物。即使領略狂濤，他們只能看見其中的浮沫，而回頭去做屬於他們的水療按摩。

但他們生活中種種渾然不覺的虛構與種種自承的虛構卻相對於他們所失去的真實而成為真實。

一群毫無品味的貴族也能在衣飾社交文字生活技藝遊戲舉止言談器物辭令上表現得高雅，這只要一點點的聰明與勤加練習。不過他們只是高雅的機器而非高雅本身，這種高雅的人偶之被當做高雅的標本乃因人們攫不住活生生的高雅來一探究裡轉而細細端詳死亡沒有呼吸的高雅屍體而能一一在自己身上複製那些可以打造的高雅細節。

當他們裝扮了高雅便也裝扮了睿智又裝扮了深情又裝扮了悲愁又裝扮了受傷又裝扮了勇氣又裝扮了無助又裝扮了崇高然後又裝扮了深情與睿智與無助，然後成為眾人崇拜與憐惜的偉大可憐蟲。

他弄懂了，除非願意當可憐蟲，不然就得裝扮成偉大可憐蟲。

他想：「這個世界是孤獨的，我只能孤立自己來成為自己。當自己是好的，雖然並不快樂。」

河

渡河前，妳拋掉沉重的行李。妳說：「我只要留著簡單的隨身物件，及行走的枴棍就好。」

然後，妳捲起褲管，又失笑放下褲管，說：「這是得游過去了，哪裡是涉水能了事兒的？」

「我泅你過岸，我可以的，應該不用擔心吧？你這樣一個光桿漢子，也無甚什物，我想沒什麼問題。」

「我一定要過岸去看看啦！那些個花木石跡，你不領我去看呀？」妳一點也不顧惜妳大包小包的財產，甚至不稍檢點一下。

「不過就是條河嘛，對岸麼，筆直去就到了，泅著泅著，也就過去了。不是嗎？」

我們在深不見底的河道中沉浮，我知道妳挐著我施不開手腳。但我也知道，難道就讓狂流沖散我們？

「我知道我是連累妳了，我早知道的。」我的手腳沒什麼助益地揮划著。

我輕輕說，那水勢早已吞聲：「然而我們不一起走到這個幾能沒頂的絕境，誰能不在岸邊焦死？」

「也許在這個進退不得的潮流中，妳開始笑自己輕率，但我知道妳不是眷戀行囊包裹的舒適。」

「在這個驚駭中，妳仍覺得可以過岸去？」妳的口中有些無意識的吶喊，我感覺到妳的手腳有些痙攣。

我在妳的耳邊欲言又止：「相信妳會知道，或是妳已知道，拋下我，妳就能獨自求活。」但我不能用這話殺妳。

過了岸頭，也沒什麼，但可以烤個火來暖暖身。我們可以談談講講，或嘆息對方、自身。就是當我們猶在噬人的浪潮裡求死求活，也不要忘記。

植物念力學

植物念力大師，這是一種近乎神的職業。要做的事，就是用自己的精神力，與植物取得溝通，而達到控制植物成長、生活的目的。不過在學術界裡，這個範疇中的專家們所採行的理論及方法，其實是有許多的流派，互不統屬且莫衷一是。

其最大者概分「指令機制說」、「精神移植辯證說」、「脅制機能說」等。

「指令機制說」的理論依據乃源至於生物分類學的生物高低等位階譜系表，其學說甚為激進，欲在動、植物間無可跨越的鴻溝上，在二者的精神、行為鏈結上，界說出一密實而直接的互動關係。更進一步，此說的學者在此一鏈結上，又根據其「位階」的高低，定義其統屬關係。這是植物念力學最早發展出來的學派，而此學派的健者亦多為久據學術地位的學者。

「精神移植辯證說」原初只是「指令機制說」的一個分流學派，其研究方法不能完全脫離之。此派學說所以反出「指令機制說」的最大原因，乃是因為對於「統屬」的界定方法產生了重大歧異。此派學者認為，生物分類學的譜系位階高低只是一種類似「歷史材料」出現的先後序列而已，完全不能依此定義史材的重要性。因此，「位」不等於「能」，生物的高低等，並非一歷史序列，在譜系中，並非生存越久的必定較為優秀。此如歷史的波動，優者必優於前亦優於後；必須打破「位階統屬」的固有觀念，而是「強者領先」。則此派主張植物與「念力者」並非統屬或命令的關係，應遵從「優生」為唯一指歸，優等應全然取代劣等，精神必須全面移植。故此學說與「指令機制說」可說是「骨同肉不同」，時而爭議不休，時而聯手制敵，是學術界中永不平息的伯仲。

「脅制機能說」則與上述二派無多源流關係，被視為學術界裡一個歧出的系統。其理論內容以「以弱凌強」為主，認為物種之間基底性或概括性的強弱、優劣，並非「植物念力」落實之基礎，重點乃在於「如何發掘，進而宰制各物種不同之弱點」；為此，此學說在學術界裡向有「弱者的學說」之譏。再者，此派學者並不專於此範疇的「精神層面」，常以剪枝、病蟲等物理或器質的手段，來達到輔助摧逼「植物精神」的目的；此亦深受士林詬病。然其亦隱然自成系統，穩穩廁足於學術界中，原因在其理論雖嫌薄弱，但實驗成果及實踐能力卻常能超越他派學說，是植物念力學中的「行為學派」。

這一門科學的發揚，乃因為我們已在「動物念力學」中，取得了若干的成果，例如與猩猩交談、牛算算術等。但動物與動物間的「動物性」的「同質」究竟要遠大於動、植物間的距離（也許不是什麼「距離」，只是「不同」），「植物念力學」在發展上，儘管已經有了不少邏輯性的推證與結論，然在動、植物間的「實質溝通」上，卻始終停滯不前，或許，這將會是本世紀生物學範疇裡最後的課題吧！

杜若教授終於幸福之推論

師母說：「他呀，糟透了。不過我婚前也就清楚是這樣了，人生嘛，敢要求全，最後只會是一場空。他雖然比較笨，手腳也不伶俐，脾氣差，氣質毫不高雅，沒情趣，又自大，還容易受傷。嗯，也醜醜的。但可以啦，學有專業，做事雖亂七八糟，倒還都願意負責。再說，笨點也好，搞不出什麼陰謀，也……嘿嘿，也容易控制些。當初他追我時啊，最差勁了，你們以為像他這樣能擊敗其他的情敵啊？怎麼可能唷。其實啊，所有追求我的男人，他是最醜的，最不會玩的，哄人都哄不對路的，也是表現最差的呢。

「我也不是公主病，不過他們都以為我有公主病。他們追我的那時候啊，我都測驗過他們好幾次呢。你不得不承認，世間真有情聖這種……嗯，動物。公主病的測試，丟出的狀況當然都很嚴苛嘍，不但嚴苛，還要不合理，不只不合理，還要不可理喻，這還不是最高的，終極的考驗要他們違背自我、違背良心來愛我。呼……，不誇張，還真有人能通過測驗，愛情多偉大！我算是見識了。咳……。

「你們別亂想，我說的當然不是他，他啊，我不是說過了嗎，歷來追我的男人，以他表現最差。幾次我對他的考驗啊，嗯，打分數的話，他呢，最好的也只能拿四十分吧，呵呵。考驗稍微嚴厲點，他一定都拿零分，總平均絕不會超過二十分，跟那些拿高分，甚至幾乎拿滿分的……咳，青年才俊相比，真是兩個世界、兩種生物。真的，公主病考驗真是一個冒險刺激的人性遊戲啊……。

「你們不要覺得奇怪，這真的是最後我篤定選擇與他共度一生的理由。不信嗎？你們還小，還是學生，以後你們嫁了人，久了，也許有可能會明白吧。」

密室殺人

警方仔細勘察現場，在員警接獲死者朋友報案而破壞門鎖進入之前，門、窗是封閉、內鎖的，空調是打開的。溫生博士趴在書桌上一堆文稿上死了，左手還握著手機。房裡當然沒有別人，只有溫生博士才養不久的一條小杜賓犬。

這是一宗密室謀殺案。法醫很快就驗出了溫生體內的百步蛇毒與腳踝清楚的咬嚙傷口，但房間找不到蛇。更令人不解的是，法醫說蛇毒無疑是從咬嚙傷口進入人體，但咬口非常清楚地不是蛇口的齒痕，而是犬、狼一類的咬痕。經過比對，正就是溫生博士所養的小杜賓狗。

案發當日的狀況是：溫生的老同學犬養博士忽然接到了長久不曾連絡的溫生電話，聲音微喘、急促而衰弱，說他正在寫一封重要的信給犬養博士，但他被……（聽不清楚是什麼）咬了，中毒，已快死了，叫犬養一定要讀一讀他這封已經寫不完的信，以及自己房裡這幾年的研究筆記，至此，電話就掛掉了。

警方此案辦得很不得要領，沒有蛇，狗咬而中蛇毒死，完全找不到解釋的方向。小杜賓狗被好好檢驗過了，牙齒的確驗出血跡反應，但除此之外，這狗再正常不過了，也並不真的就會分泌蛇毒。而現場，不但沒有任何蛇或收藏蛇毒的痕跡，連其他可疑的物品、工具等也找不到，真不知這個局是如何布成的。

當然，沒有人會認為小狗忽然變成蛇或忽然會分泌蛇毒……。

只好倚賴溫生博士寫一半的信當成唯一線索了，可是……，這個唯一的線索不但沒讓案情清楚，反倒讓真相更糊塗了。他這樣寫：

犬養老同學

……（前略）有些部分已經可以做成證據推論，當然，還有不少地方的研究還很薄弱，但是我想我們離真相已經不遠了。直到現在還有學者堅持人是猿猴進化而來，現在我們可以大聲糾正他們了，人是由狗演化而來，而狗來自於毒蛇的進化……（後略）。

警方讀了溫生的信，氣得要死，案子都不知該如何辦下去了。可以用「返祖現象」來結案嗎？汪！

最後，科學界也廣泛討論起這宗密室命案，某學院決定策劃一場生物演化學研討會，並籲請犬養博士公開這個已被學術界遺忘多年的溫生博士所作的怪異研究資料、筆記，提供大會、學界討論。

深夜，犬養博士獨自一人還在他的個人研究室，攤開的相冊裡有一張是犬養與溫生年輕時的合照，犬養自語著：「老友，這回你的荒唐研究終於可以在學界裡被轟轟烈烈討論了，多麼壯烈啊。你既然堅持這是你唯一的生命意義，我也只好幫你，反正你已聽不到他們的訕笑了。噢，你這一生活得多麼痛苦淒涼啊……。」犬養掏出了大衣口袋裡，當初在窗外接到的注射筒，直接丟入回收桶。

負·義

彈盡援絕了，剩下兩把大刀，沒啥用，連攮子也拋光了。老龍幫五個匪首被頂在窩子裡，被沙河寨民團十一管槍指著，只好丟傢伙啦。民團大隊長周起龍剛剛死在這一役，副隊長馬二這會兒不太壓得住老弟兄們群情激忿，有的嚷著要立時斃了這四個股匪，有的說要架起四篝火燒得他們吱吱叫。另一頭就罵上了：「誰耐煩燒四把火啊？四個敗害一堆火囫圇燒化了不就完了？況他們雖說是鼠輩，也不會真個老鼠吱吱叫呀。」「我說副座，甭綁回去啦！要等到縣裡砍頭，還不知要多少糧草糟蹋進這四個賊肚子裡哪！」

這頭裡，老龍幫的老五灰龍耿小福左膀子帶了綵啦，趴在陰暗的牆根動沒動過，沙團的人當他死了，沒算他活口。趁著沙團裡哄鬧不止，老龍頭腳尖輕輕點了耿小福一下，大鬍子掩著的嘴裡形色不動地小聲說：「狗洞……護腰……。」耿小福極緩地一點頭。老龍頭罵上了：「你們這些沒王法的強盜！想動私刑嗎？哈哈哈，來啊，去給我架上火來，要燒、要烤，要弄個油鍋來炸個酥脆，大爺我領了！哼一聲不算好漢！」耿小福知道老龍頭在掩護他，就慢慢蹭動身子。老二也開口了：「甭用油鍋炸啦，去年咱龍老二砸了你沙家油坊就嚐過這味啦！他沙老二的新媳婦兒油白水嫩的也沒曾把我龍老二骨頭炸酥過。我說，還是給咱一個痛快罷！他媳婦離開了沙老二，跟著咱姓龍的，也是老二，並沒吃虧啊，是唄……哈哈。」雙方噴著額筋吵口不停，沙團拉拉扯扯，都要衝去把龍老二撕啦。

趁著亂、暗，耿小福偷偷游出了狗洞。

但耿小福並沒回去，坐在草地上傻想，傻想著自小收留自己的老龍頭，種種。沒照著老龍頭的指示，去取賊窩裡幾處預藏的飛刀插子皮護腰。若有，龍老大、老二的飛刀真稱得上是老古人說的閻王帖子，尤獨是龍老大，出刀還比舉槍快。有了兩排飛刀廿四把，自家縱有損傷，總能叫對頭躺滿一地。但是沒有，副隊長壓住了場子，終是把四匪押回縣城了。

綁赴法場執行槍決時，四條孽龍倒有三條垂頭喪氣，只有龍老大罵聲不絕，把耿小福臨陣負託而逃的事兒清清楚楚罵了一回，罵他：「這騾子是驢種，我這條龍竟養出這扁騾子，他……不是灰龍，是……吃裡扒外的灰孫子。」從此，耿小福負義之事就在江湖上傳開，弄到黑白兩道不能存身。

後來抗日，老躲著的耿小福加入了大刀隊，隊上勉強接納了他，卻在還沒出隊殺敵時，顛瘸跌進了溝子，教身上掛的手榴彈給炸死了。一生未曾留下一聲好名。

角多則圓

什麼是坤生？什麼是乾旦？女兒家上場扮演男子漢就是坤生，男兒漢戲裡妝演嬌女子就是乾旦。這一對師兄妹正是代表。脫了戲，男的斯文英挺，沒有娘氣；女的溫婉可人，沒有爺派，可戲裡都相反。二人雖然師承各有際遇，卻是長久來相為磨礪的伙伴、對手。只是一鰥一寡，總戀不起來。

好比這樣，那次他們正好同時各接一檔戲，男的演尼姑思凡，女的去林沖夜奔，排練時間相錯之時，各會去為對方打氣，起研討劇情、唱段、表演等。這就別緻了，思凡這邊是兩個女子商量，一個上戲，一個下戲；夜奔這邊又是兩個男子討論，也是一個上戲，一個下戲。好容易兩個在閒暇時碰面，總算併成一男一女，卻是不免聊到戲裡，沒法兒，戲就是他們的命。這當兒，倒變成是二男二女啦，多麼眼花撩亂。

先一回，他們同時愛上了我，我也弄不清楚哪個用的是本身、哪個用的是戲身，來愛我。連我都錯亂啦，這個三角關係可能包括三男二女，是五角關係。總之，這種亂局是不會有結果的。

後一回，他們同時愛上了我的女人，六角關係！

其實愛嘛，真一定要性別絕對如何嗎？難說嘛，是不是？不過我和我的女人的愛是很相篤的，我們比較單純，一男一女。但長久以來，我們也並未堅持過誰是男的，誰是女的，什麼該男的，什麼該女的。

他們師兄妹一直是我們的密友，老實說，我們夫妻倆能尊重性別、無視性別地好好相處，多是因為在他師兄妹倆的四、六角關係中體會了許多。

最近他們段數應該又提昇了，下一檔戲，聽說他們與一對坤生乾旦的師姊弟合作，我數學不好，幾角我可說不上來了。

師門心法

報案是說老先生上吊自殺，法醫也沒什麼其他意見。但刑事組李組長卻分別偵訊當時也在屋裡的三兄妹，說是根據勒痕及種種現場跡證顯示，這是一起加工自殺案，嫌犯也就在三兄妹之間了。

李組長真是老狗認得賊，嚴格的偵訊之下，硬是把沒曾發現證據的案子給破了，老先生的大兒子果是自殺加工犯。以後法庭上對這種事證不足的案子該怎麼判，不關他的事，他李組長總能把隱形的真相硬生生鏟出來滋血，就不愧是神探了。

老跟著李組長辦案的小刑警小林一開始是看不懂種種的莫測高深，向李組長請教刑案分析研判的訣竅，也不見答。其實李組長沒能偵破的案子也不少，對案情判斷的方向有時也證實錯誤，但他能破奇案，這是別人做不到的。

幾年後，小林看出一些端倪了，他覺得李組長根本只是憑直覺辦案，至少，分析、推理的部分不多，也很粗略。仗著李組長這些年疼他，頗有視他為衣缽傳人的味道，他向李組長說出了他的看法。於是李組長這樣說：「傳給你我的心法吧！別管跡證如何，也別管法醫怎麼說，判斷是自殺的案件必須當作加工自殺辦，不明的，一律當成他殺調查。這樣一來，總會碰上奇案失去奇效之時。揚名立萬，就不在話下了，你多學學吧你。」

李組長退休二年後，一個李組長在小林家喝酒的晚上，李組長久病多病的妻子在自家自己注射一種中樞神經抑制劑禁藥自殺了。

雖然李組長在案發前後一直跟小林在一起，但小林秉承師訓，還是把案子當成他殺處理，立刻將李組長請到案說明，嚴厲偵訊。

李組長說小林瘋了，自己明明不在場。小林卻表示，師門心法就是該往不合理處硬是撞去才有偵破奇案的可能。李組長笑了。

這世道就是老狗偷食，小狗餓死，李組長的不在場證明金鑲玉嵌，小狗小林扳不動他，認栽了。

幾個月後，小狗小林找老狗李組長出來喝酒，算是認輸賠罪，再執弟子之禮。

「我也太傻了，您明擺著在我眼前，我案子還真敢往您身上辦，看來師門心法我是有些誤解？」

「乾杯啦，再給你上一課好了。那天早上我把抑制劑帶回家，指紋當然處理過了，午後，我戴上塑膠手套，把藥拿給眼力不好的老伴兒，請她幫我看是什麼藥。我說是藥劑師拿錯了，我得去換。幫她準備好了微波晚餐，要她餓了再吃。吃飯前她得注射胰島素，我常常幫她先灌好注射筒，她自己可以打針。這回當然灌的是抑制劑，藥罐就雜放在胰島素旁邊，估計她六點鐘左右才會施打。我跟老伴兒說，傻徒弟辦案辦不了，我得去指導指導，很晚才會回來。來找你喝酒時，才下午兩點半，對吧？傻小子，你嫩得很，師門心法顛撲不破，你還得多學學呢！」

小狗說：「這是真的？」

老狗說：「誰知道呢？」

號外

號外！號外！

今日要聞：SNG直擊！全國三十四萬公務員中，今日有一公務人員在一份公文中打錯了一個字！

新聞評論：本國新聞之精密度可與美帝科技強權最自豪的衛星技術媲美，他們遠在萬哩的衛星可拍攝一部車子的詳細位置，本國新聞技術可在數十萬公務員一天所處理千、億份公文書中準確偵測到「某一個錯字」！超英趕美不在話下啦。台灣的新聞真是台灣之光！台灣之光！台灣之光！

腹黑：論小說之炫奇，何日才能及於現實之荒謬？

青春

頭昏昏，軟軟的，似無力，似不著力，似無所用力。心頭漾漾地浮漂，身殼子虛空虛空的，怎就覺得晃晃蕩蕩的。

想不起什麼事，自也覺到什麼都不想得好。怎就連腦殼也昏空啦？

惚恍中，憶起那女人不懷好意地心疼我說：「你很累响？」

我得沒好氣地說：「哪，我成仙呢。」

之後我冒出了青春痘，進入青春期。然後，我下凡來繼續受苦。

爭財

旗主勤勤懇懇苦幹了二十多年後，發了。憑著過人的才分跟踏實的努力，終於業界寂寞，從不敗手。兒時一起在屋頂上拿噴漆幫人製作隊服的玩伴，又相見了。玩伴變成了個窮書蟲，倒也不是真的多麼有學問，就是兼兼教書，偶爾賣賣文，沒多大出息。

旗主總想找機會濟濟書蟲，卻又不願落了形跡，搞出以富驕人的誤會。旗主也想過要書蟲來跟他一塊兒幹，這樣書蟲過日子就總能安穩下來。可書蟲老想到唯一一次與旗主合作的那次隊服製作案，想想自己的程度也差不多就停在那兒了，現在旗主多大事業，自己這點兒小兒科頂什麼用？

旗主開始裝著自己沒什麼學問，找碴兒故意去請教書蟲，當然都是文章、文字上的事。書蟲幫旗主寫過幾次對子，被誇得上了天，書蟲慢慢覺得自己也許也並非完全什麼都不成。旗主把書蟲捧成個大學者，才大如海似的，書蟲卻知道自己不是，這只是叫做……總角之交吧。

旗主有時候心急了點，看不下去兒伴窮，這回央他來箇絕句，加箇對子，才六句，說給一萬元。書蟲也不是沒有賣過文，擬個幾句都不是什麼問題，但書蟲也不是什麼大文豪，也不是有地位的學者，這種筆潤路人都知道太不稱。

書蟲兩難了，按良心來，他是想還價的，可是一來賣方嫌買價高，不知如何辯，二來還價顯得窮酸氣，更又覺得自家看著可憎。

最後書蟲只好自嘲：「一向都是不願與人家爭什麼銀錢的，不是嗎？」

年年四月草

棒子

俗話說：「棒底出孝子。」杜若教授不相信這句話，非常寵愛女兒，女兒也聰明可愛，看樣子是不必擔心長大、發展。後來杜若不小心又生出了個兒子，兒子跟他很像，從小就常出神、失神，真是遺傳啊！這使得杜若不得不開始考慮那句俗話，畢竟自己自小忤逆慣了。

說真的，杜若是該擔心，儘管資賦加上奮鬥，讓他跌跌撞撞也升上了教授，可假如不是老是叛逆，加上常常失神，上述的「跌跌撞撞」四字是可以拿掉的。

說到拿掉，杜若當初得知兒子懷上了時，就失神了，有人勸說，既然不是計畫中的，拿掉好了。杜若不肯，不論是「跌跌撞撞」還是兒子，都不拿掉。

看著這個常常失神的叛逆兒子，杜若開始棒打，想把孩子身上或許遺傳到他的「跌跌撞撞」宿命打掉。兒子也是倔，本來就倔，越打倔型越顯著，跟他爹一樣愛惹事，寫詩諷刺身邊人事物、諷刺他爹。杜若唯一不打兒子的就是寫詩這事了，父子倆往往一失神，就能寫出好詩，把人激得要死。

時間過得很快，後來杜若的兒子也成了著名的詩人、教授，他的回憶錄這樣寫著：「我這一生過得堪稱順遂愉快，周圍的人總是包容我一切戒除不掉的任性、叛逆，唯有少年時的成長過程跌跌撞撞，是在我父親的棒子底下長大、存活下來的。這些棒子對我也許沒有影響，因為我不曾因為捱揍改變什麼；而這些棒子也許對我影響至鉅，讓我從來不懼面對打擊。」

最後，杜若的兒子又是如何教導杜若的孫子呢？失神了一會兒，他笑著回答：「現在這種時代，最好別談論這樣的事吧。」

愛欲

這些天，她在夜裡四處都無動靜之時，總是以為我沒注意地摸進來，暗手暗腳鑽進我的衣櫃裡睡覺。

她喜歡我愛撫，也會引誘我愛撫，但除了需要我的愛撫，她都躲著我。有時是取一個可望不可及的挑釁距離，觀察我。

我當然很愛她，可是愛撫，這個我的唯一利器的使用權與主導權卻在她。有時我也會爭權，硬來地輕輕愛撫她，她也會軟軟地動情，但她也只在情欲下屈服。

所有情欲以外的都是痛苦。她是不是也這樣呢？我決定離開她，離開痛苦。

我們繼續耽溺情欲，我而且放縱痛苦。我認為痛苦的擴大，總會排擠情欲，事實上也不錯，可是被排擠而縮小的情欲竟然就被我們視得更為珍貴，越少越大。有時候，情欲一下衝舉，幾乎可以包含宇宙了，人，就是這樣毀滅的吧？

我以為我會因為過度餵食的痛苦而離開她，最終卻是以禁欲來離開她。當然，這是另一種痛苦。

多年後，養了貓，養了性子冷僻的貓，才悟到她是貓。可惜她不是具貓身的貓，不然我會愛她一世，抓血無悔。然而這種愛情，並不是情欲。

失戀絮語

「心痛久了，也不是沒有感覺，是感覺到感覺不到什麼了。但也不是空，還有雜草，還有塵沙乾磨眼瞼，結果，一切還不脫是個存有。有時候心太累了，停下來休克休克，當自己是一塊標本，回頭看看不腐爛的自己，就端詳起來，評論自己獨特的美感。變得不再看別人了，別人彷彿是蕩漾著假笑的機械人，也不感到悲哀，只是世界好無聊。就開始回想失意的一切，漸漸又恢復了一點點感覺、傷感、傷痛，又痛久了，又切斷自己，又從休克開始吃食那痛、與抽畜。那個聽我傾訴的，只有在痛覺來的時候，他像嗎啡注射器按鈕，還是終究要我變得一切陌生，才能安靜，然後靜得可怕，時間像磨盤，一點一點磨蝕我，又懼怕消失不見，又懼怕還是不能不存在。如果一切順我的意，我就當個我所嘲笑的假笑機械人吧。痛感跟痛感癱瘓一樣可怕。」

這個苦人每天都癱坐一整天，其實給他愛情他也不懂得如何去愛，他就是不懂愛情是不痛的，會痛的都不是愛情。愛情是極其甜蜜無痛的。

「如果……」

錯！愛情就是愛情，沒有什麼如果。

「可是我……」

又錯！愛情沒有什麼我不我的。

「是我找錯對象吧……」

還是錯，是你自己沒有愛情，並不是你愛她。其實你並不要愛情，真的，除非你歎透瞬去的凋零。你要的是你案頭永不朽爛的「愛情啊」！

我勸你，還是找個褓姆吧，全職的。

夢囈

(一)

人在病痛過甚時會覺得名利都不算重要，人在窮途潦倒無處容身時會覺得錢以外都不算重要，人在身敗名裂千夫所指時會覺得能當個普通人真好，人在將要失去所愛恨不能以身相代時會覺得自己較不重要，人在理想奮昂必須以血相撲時甚至覺得自身一點都不重要，覺得，覺得，覺得，人的潛在只是不斷想要自我救贖，卻不知如何是好，或是以為如此便好。人啊，虛幻的確是你的本業。

(二)

獅子搏象等於獅子搏兔，所以象等於兔，在獅子的眼中，象是全部；在獅子的眼中，兔是全部。吃飯時吃飯，睡覺時睡覺，吃飯是全部，睡覺是全部。幻蓮說：「莫忘自家腳跟下大事。」一站的地方，就是全部，走出的每一步，是每個全部。

由一個個殘缺，拼出一個七零八落的我。

（三）

以為眼前就是全部，瞎子摸不透象，他是瞎子。以為我要的就是我所知的，我只是近視佬。以為我要的是未知的，我是睜眼瞎子。近視佬比睜眼瞎子強吧？未必啦。不知道自己是瞎子，很快就掛了，強不強不必掛懷。知道自己是瞎子，至少懂得不依靠眼睛，靠什麼？難說。近視的人卻注定還要依靠他已經是弱項的近視眼，自不自知都一般難以避免。有遠見呢？看的是遠處，卻從腳、膝把自己緊緊紮在當處，咻地一聲，羽箭飛出，對象就倒了。只恐他起身奔趨獵物誤踩了捕獸夾。

所以只是夢囈。

（四）

灰姑娘本色雖然是美的，但要經過魔法「登登！」搭著南瓜車出場，才能被見識到她的美。另一種格局，「粗服亂頭，不掩國色。」只要質高，就不必避俗，就俗反能增活其本色。附庸風雅，是風雅不起來的，而「調越曲，雜以詼笑」（陽明貶在龍場）也不會是個低俗的丑角。阿彌說崇本息末，九哥說先立其大，都是這個意思。人一自在，馬車變成南瓜，就笑了，煮來吃。

(五)

一隻金龜子跌進來，躺在地上翻不過身，急搏著翅，曾曾曾、曾曾曾。這有什麼可怕？但我就是怕昆蟲，無法。我也不知道他正急懼，或也家常無所謂，我不知道。升起的第一個念頭就是把房間裡貓咪放出來，那他就慘了，可我就省得捏著心處理這檔事兒。只是啊，究覺得無辜一命，不可造次，緊拎著心，抽了本薄書冊，取最遠的近距離，撥亂反正。飛去時，由濃至淡的曾曾曾響，顯得悠揚動人。

不過火宅果然漫火煎人而不清涼，人啊，一個念頭可以輕易升起，毀天滅地的；一個念頭沒轉、不轉、忘了轉，又是毀天滅地的。真要焚滅一切喲！

虧空

新任理事長在年會中宣佈了他所虧空的公款，數額高達四十三美元掛奇，緣由是他誤將籌備接任新職的會議餐費報了公帳，並為此宣告引咎辭職。舉會譁然，紛紛議論，有主張這是公務會議，餐費原可報入公帳；有認為理事會內規並無「籌備接任」這種事務科目，會議屬於個人額外需求，不當公帑支應。

世事如此，階層越高者便以更高而繁複精密的技術無事生事。且自矜於成事。

學術研討會

（一）

東亞儒學研討會共三天，今日俺勇猛當了一天的挑水伕與雜工（即一老蒼頭也）。什麼帳務、文書、議程、接待、攝影等工作都沒這種單純的付出幸福。啊哈，有時候（雖然只是有時候），當當灌園老人是很不錯的。明後兩天我要繼續勇猛下去，我……挑茶水猛。（脫脫的《元朝秘史》形容勇壯之士常言「喫茶飯猛」，這語法很具精神，借用。）

（二）

然後，晚上吃飯時丁老師說：「我還一直以為你是作現代文學的耶！」前陣子我一學長也跟我學妹說我應該轉作文學了。再回溯：碩班找指導老師時，老師也一臉驚疑：「你不是要作文學？」更回溯，初入碩班許，莊師特別提醒俺，至少要作清代文學，不要只留作現代文學。

小結：原來我長得很文青。昏倒。

（三）

噢，第二天，今天遇到王老師！人更瘦更老了，不過精神反而不錯。王師是哲學底子的，博士讀的也是哲研所，但主要領域還是中哲，大半也在中文學界走動。儒研中心有個助學長常被誤認是中文系的，其實是哲研所的，又，今天遇到一位政大中文博的挪威人，一開始也被誤以為讀哲研所，又，本班小華是哲轉中。（還有很多）搞中哲的，中文所跟哲研所真的交集好多啊，一不小心就分不清。

（四）

讀過的文獻雖仍少得可憐，一壁覺到很多主張看似即由理得，一壁識到滿多論辯實是牽合主張而設。這有個基成階段的問題，主張與論辯，何者是基？何者為成？實在說來，邏輯並非如此單純，比如先基後成。細為尋繹，基成實是漸次交互給養觸長起來的，粗幼的理得成為主張，主張促養精細茁壯之理成，但粗理原不能極正，主張也許竟根本走鐘，待展布嚴實之理路時，空中樓閣者多。這還只是理性範疇內之事！一挺極高極好極備思想，還不能僅在理性範疇內即成就。

(五)

學術生態：一半型如中等基層公務員，四分之一頭髮太少，四分之一頭髮太多。

(六)

研討會考核：學者多半識字。

案由：一日下來，茶桶前的承水桶除了積水，被丟滿垃圾，然而垃圾桶也不過緊臨設置。越二日，茶桶前貼大字標識「水桶請勿丟垃圾」，當日果然水桶垃圾量減為三分之一。

異物

和姊姊一起頂下了這家店經營茶葉生意，純粹是因為對茶葉的長久好奇與興趣，並非因為我們很懂得喝茶，或是對於茶葉有過一番研究。從小跟著省儉的父親每日喝茶，喝的是一兩二十元的粗茶，接了店所賣的茶是專營阿里山高山茶，即是較為平價的，也在一斤一千四以上，好一點的，一斤要賣到兩、三千元間，或更高。

葉民、王師父等一批人都是前任老闆的老顧客，平常就喜歡來店裡泡茶聊天，尤其是葉民，不但在店裡存放他的茶葉，還擺置了好幾把他常用的精緻宜興壺在我們的玻璃展示櫃裡，不在客戶那兒的時間，就耗在我們的茶葉店裡泡茶聊天。我跟姊姊接下茶行之後，這些客人並不變得少來走動，有些反而來得更勤，不是來找姊姊就是來找我泡茶聊天，不過，泡的都是他們自購的茶葉。但是我們的業績並未因此而顯得好，反倒是有些蕭條。因為換了我們當老闆之後，他們不太跟我們買茶葉，卻喜歡帶著他們從別處、各處搜找來的茶葉，來泡給我們喝，一起品嚐，並且教導我們各種茶葉知識、茶壺知識及茶葉市場的狀況。我們也自承是生手，並不以做不成他們的生意為忤，我想，我們要開發的是新客源，這群對我們不信任、卻充滿善意的茶客，不妨就是「店友」。

不管對於茶葉或茶壺的鑑賞，其實每個人都有他自己相信的一套，好壞的標準實在也是蠻寬鬆的。台灣地區的茶界流行的是類似「潮州泡」的小壺小杯，精緻度高，有時卻也少了一點豪邁的闊氣。

當時，除了小壺小杯，我在店裡也喝碗茶，自備了一個日本現代青花瓷碗當作茶碗。葉民看了直是哇哇叫，嫌我不懂喝茶。我也不理他，宋人不是用天目碗喝茶嗎？雖然當時的烹茶方式與現在大不相同。

王師父帶著他珍藏的老沱茶來泡，喝茶用的是比小茶杯較大的杯器，我則一樣用青花碗對付。茶湯呈重酒紅色，濃白的煙氣氤氳在茶湯水面不散，青花碗的效果出奇的好。過了兩天，王師父又穿著短褲、拖鞋，腋下挾著那個裝壺及茶葉的小包包，手裡抓著已呈金黃色的一串白菩提根製的大顆數珠，絡腮鬍裡笑著寒暄地又來店裡泡茶。不論是高山茶、鐵觀音，還是老沱茶，我總是一個青花碗來應對。這些天裡喜歡小壺泡的葉民已經對我的茶碗疲於應付、抱怨連連了，但就在王師父拿出八人壺大小的紫砂壺泡起了老沱茶，他竟喜孜孜地從他的袋子裡拿出了一個好大的骨瓷碗，碗面比一般飯碗寬，碗身又高。我說：「不對啊，你這是歐洲餐具吧!?這個拿來喝東方茶很不對勁。」他說：「嘿嘿，這下我贏了吧！」

隔天，葉民的哥哥打電話給我，說：「葉民離開了。」

我心想，他昨天才同我喝茶，今天也還約好要來一起喝茶的，一個不祥的念頭襲上來，但是……。

「你是說他回台南老家嗎？」

「不，他昨晚出車禍，今早……離開了！」

「噢。」

我不知該如何反應，葉民的哥哥見我不答，便把電話掛了。稍後，我定了定神，便撥過電話給他哥哥詢問當時情況。

出事的時間大約在凌晨一時許，肇事的是一部計程車。傷者送達醫院時已陷入重度昏迷狀態，勉強捱了幾個鐘頭，沒有留下一句話地走了。

葉民的哥哥並不了解他的交友狀況，也從不認識我。在他的皮夾裏只找到王師父和我的電話，這也是他自退伍後的三年來，最為密切的友人了。

次日，我到店裡將他珍藏的茶壺及一些茶葉取出，帶給他的哥哥。我的茶葉店雖然經營得不算很久，但一干老茶友都已熟悉了，葉民和一群茶友可說是時時見面的，我一一通知他們這個噩耗及告別式的時、地。

可有一陣子不見王師父了，晚上特地到他家造訪。

待得茶泡上來，韻味依舊，連那精美的宜興壺也是極端熟悉，連壺蓋內牆的稍些破損處也是沒變。王師父說道：「這樣易碎的泥壺，一個轉眼，也可能保存得比我們的壽命加起來更久也說不定。」

我們談起了葉民，也談起了常來茶葉店的朋友。這些都不是很久遠的事，猶在目前，可是因為一種無常感，總有一種都煙消雲散了的錯覺。

「告別式當天，會到場嗎？」

「看著辦吧。有什麼兩樣呢？」

「喔。對了，葉民老是自稱是你徒弟，你們到底算不算師徒呢？」

「呵呵，彼此都沒資格啦。」

王師父又說：「有什麼兩樣呢？喝茶吧。」

告別式當天，姊姊的朋友載我前往。到儀式終了，一班茶友，只我一個到場。我不悲傷，只是有點傷感，倒不是為了談讌舊友無一人前來送行，純粹為這麼一條年輕生命的奄忽溘逝。我知道他不會在我的記憶中完全剔除，但我也將漸漸淡忘他，也許很快。

步出靈堂，陽光一點也不陰霾，是踏青的好天氣。我們快步走向車子，這個時候，我只想到冷氣的冰涼。

回到店裡，忽然看見玻璃櫃裡還擺著那個歐式的骨瓷碗，當時收拾他的遺物，所有茶葉、茶具一樣也沒漏，沒想到竟會忘了這個最突兀、最顯眼的異物。當我將這個骨瓷碗交還給葉民的哥哥，睹物思人，不知遺族將如何組合出死者生前的生命情調呢？

歪樓戰紀

樓隨意建造，本不需計畫，什麼材料且不必慮定。既沒有圖樣，也不想工整，就算建成一座頹墟也很悠哉。於是，工者喊：歪樓有理！督工者喊：歪樓有味！建材商喊：歪樓有意義！地主喊：歪樓有……也有錢賺！起造者喊：歪樓不能計算容積率！建築師喊：歪樓是極致！

然而這座樓塌了又塌，始終處於剷平重建過程，可能是因為樓起開始，就不曾出現過足夠的鉛錘線及水平線，歪樓的基礎。雖然，他們並不想放棄歪樓的美感。

春初

（一）

春凍似冬漸，花樹早就抽出了新條，並探頭。蝶翼冰折，地上有僵死的蜂。

（二）

告無告：鴿子駐在樓頂欄杆，猶豫了很久，看到眼界所不能到的遠遠的遠方，示現火光，一再。他選擇眼睛不眨，他選擇血液冷卻以免焚滅，他沒有辦法，他最後縱身一跳。「人們將傳說我失足。」一在冷冷的世界裡，火氣漸消。

（三）

怨：等等偷偷溜到櫃子裡，低聲盡情咒罵幾回合。花，你不該不香；即香，不該是這種香。就是這種香，濃度也不對；好算濃度到點了，香廓的場子倒還嫌大嫌小點。罷罷罷，到底一切都對勁了，我咋覺你蠻不情願？

步記

你把相同的記憶塞入包包，出了門，撐倆傘，路寬，就比翼；道窄，變魚貫。這會兒你收了傘，一拄一走，我把傘半遮你，經過草上長椅，「第一站」你說。走走至終，站後還有的三站，你都沒說。究我也渾忘了你都說些什麼，你在一次次揮手之際，仍舉步維艱。你稍微點露了明天你將對我的訴說，很少的。當我送你進門，同時卸下了肩頭你攜帶不離的記憶。

你把相同的記憶塞入包包（到老爺子宿舍幫他揹包包，包包裡除了帶桌球拍，還放進平板電腦，我們是三C同好），出了門（要穿越一半校園到桌球室），撐倆傘（雨在下），路寬，就比翼；道窄，變魚貫。這會兒你收了傘（老爺子患帕金森氏症，走路本已不穩，天雨路滑，就把傘收了當手杖助走），一拄一走，我把傘半遮你（雨還沒停，當然要把傘幫老爺子遮著雨），經過草上長椅，「第一站」你說。走走至終，站後還有的三站，你都沒說（雖然只是不大的半個校園，老爺子說要去授課，如果他自己走這趟，途中都要休息三到四次，休息地點也差不多是固定的）。究我也渾忘了你都說些什麼，你在一次次揮手之際（打桌球），仍舉步維艱（差不多是站定打，腳步不太能跨移）。你稍微點露了明天你將對我的訴說，很少的（有說了一點下星期上課會講的內容）。當我送你進門（送老爺子回宿舍），同時卸下了肩頭你攜帶不離的記憶（幫他把包包放好）。

靈媒

這裡，似古似今，未雨方十數日，城市照舊這樣一片活力，就是熱得慌，我隱約覺得不對勁，幾日來總是心潮湧起不止，慄慄不安，似乎將有大事。

我在城市中執醫，雖無名望，也還有許多人識得。聽說來了個傳說中名動公卿的靈媒在找我，我們在路上遇著了，那是一個著淺粉紫色鳳仙裝的年輕女子。她告訴我，雨不會再下了，這兩日還有一班車離城，要我把握生機，不要錯過，而這裡，將成為一座死城。

我雖然弄不清楚不下雨為什麼能困死一城人，為什麼從此會交通斷絕，但我眼裡彷彿看見數年後的這座城市，死寂的空城，全然契合我這多日止不住的心潮。

靈媒說，不用跟別人說了，說亦無用。於是我帶著親人，什麼也不跟人說地搭著「末班車」離開了，心裡不斷疑惑著這一切，這是一座罪惡的索多瑪嗎？城市雖然壅癱、勢利，但我仍認識一些善良的人們啊，可以就這樣與之俱亡嗎？我知道天道不可逆，一座這麼大的城市注定死透，一個人能有什麼辦法？據靈媒所說，不要說城市了，就是一個人也救不了了。

但數日後，我竟然獨自搭著返回城市的車，要回來。我也不是有什麼避劫的法道，也不覺得我能救助任何一人，事實上，我自己也不知道為什麼要回來。其實我是知道的，雖然我不懂預知一切的靈媒為何留在城裡，但我想把美麗的靈媒擄劫出城。

半

我這半匙酒，不能解渴、不能醉，酒測不能過。我這半眠睡，醒也不實、夢不真，鬧鐘未響先拍熄。

我這個半吊子、半瓶醋、半是人、半像鬼、一半兒正經、一半兒傻，就是那——路斷人稀半掩門兒，不是僻靜，是沒恩客。

還說呢，就這麼多日來頭一遭，衫兒窄窄體面人，不也給拒了？憑啥還挑客人哪……。

卻道只是箇，找街問路的？

坊坊相鄰，有這樣拍門問道的？又不是荒村野店。

實說吧，是查案的？

實說吧，這沒人要看。

社會

敬告：我的e-mail帳號被盜用，寄了一堆怪東西出去。收到的朋友請見諒，現在已經更換密碼處理好了。

再敬告：承上則，我的e-mail帳號被盜用，寄了一堆怪東西出去。收到的朋友請見諒，真是擾民。沒收到的朋友也請見諒，不是我不夠朋友，一定都要怪盜帳號者手腳太慢，來不及寄怪東西給你就被發現，一切都怪盜帳號者！

發這種文，我真是瘋了……。

不是人間物

漢、玉、寶、塔……是幹什麼的？漢玉寶塔是不見於著錄的古董玉雕逸品，年代，難說得很。然就是不計它的年份價值、歷史價值，單憑玉質、玉裁、雕工與藝術風格，足夠是稀世奇珍了。況它質地與工法顯然舊物，老熟的線條，決是出自名家之手。

老漢佝僂負著包裹漢玉寶塔的包袱往廠甸跑了四家大字號求售，這算是漢玉寶塔首次面世，雖然沒人見過、聽聞過，倒是人人識貨。料到這高盈尺八的渾白脂玉單是當成玉石販賣，得錢都不會是小數目，少說萬兩銀譜。況雖不見載錄，這樣一派名家手筆的古董藝術品一經問世，定然在業界引起一陣考據風，且考證結果不論如何，價格不免必是翻炒上天。

各大掌櫃雖沒不識貨的，然敢收這貨的，一時之間也還並沒有。無他，這樣稀世的絕品，來歷必不簡單，怕貨扎手。問老漢，老漢竟說是夢裡神仙所賜，這，一個掌櫃冷哼，一個掌櫃跳腳，一個掌櫃笑笑，一個掌櫃想笑笑不出來。

姑問其價，老漢說了，兒子死了，媳婦也跑了，要收斂兒子，得要價一百兩銀子。四十兩埋兒子、請老道做兩場有肉有魚的水陸，生前捱窮，死後還希望兒子能寬裕點兒。六十兩老本兒，自己棺材錢省儉點，留十兩給弄個薄木板屜子就好，外帶老道誦一壇經。還五十兩，夠十來年吃穿了，倘兒媳婦肯回來守，亦還能撐個三、五年。要還價的話，頂頂只能在吃穿這五十兩間拉討……。

這席話，一個掌櫃聽一半走了，一個掌櫃聽一半轟老漢出門，一個掌櫃聽一半竟睡著了，一個掌櫃耐心聽完卻，歎了。

最後，老漢找了第五個掌櫃，掌櫃聽完了老漢的「生涯規劃」，點點頭，馬上拿出一百兩銀子與老漢交割，說：「看來價值連城的寶物也不見得真能頂用，我還是老老實實周濟你白花花的銀子百兩實在些。」說罷，單手托著寶塔，不知多麼瀟灑地踩著五彩祥雲升天走了。

才子佳人現場

微醜胖的大才子在床上摟著佳人的裸小腰身說：「難道你會喜歡我的身體？」

佳人捏著才子肚肚的肉腩深深地說：「我又不是養不起小狼狗。」

才子把佳人抄起，擺坐在自己的軟肚上：「可是我剛剛給你的，是我的身體，不是我的靈智。」

「可是我剛剛給你的，是我的愛情，不是我的身體。」

才子嘆氣了：「唉，所以我是不能滿足你的身體了……？可是我剛才感到滿足的，卻是取自於你的身體，男人多卑賤！這又是男人物化女性的劣根性吧！」

佳人卻說：「如果真是都這樣，女人就不可能愛上男人了。別這樣，我用美好的身體來表達愛情，並獲得你的愛情，這跟男人是一樣的。身體是一首詩，我們不用否認詞藻是美麗的工具，利於傳導幽深的情感。我的身體，是我們的愛情，美好而有效的媒介，不是嗎？」

才子摩著自己這座油桶，問：「我……，這樣的媒介就差多了吧？」

佳人緊抱貼著才子：「好的身體，沒有了靈智與愛情，就只是小狼狗。……不起眼的身體，卻充滿了才華與愛情……，就是令人……興奮的大野狼了……。」

男的說：「看起來，在愛情中，你才是才子，我只是你的佳人。……，如果說，男的只有美好身體，女的只有過人才智呢？這樣容易成就愛情嗎？」

女的說：「有……也是特例吧。所以，總說是才子佳人嘛。」

後來美人遲暮，才子老去才都盡，也並未變成怨偶，才感嘆好在年輕時自信滿滿的愛情論原來只是屁話。但齟齬時看看現在，又覺得年輕時也就知道了男女情愛原就是這麼一回事。

到得老來，他們的愛情是：誰管愛情如何？他們只是需要對方，一起。

華山派務

華山派神農殿外響起了幾聲么喝：「花農李火星！」「筍農林金樹！」「我，果農陳木頭！」「菜農劉水旺！」「我嘛，佃農王土焦！」銀劍雙星江聲、白曉老夫婦一聽來人自報名號，竟就是惡名昭彰的劇盜華山五行惡農，心想，此次收到急訊下山，為的就是此事，這五人就在此處翦除了吧。這對盛年隱居天山的華山派名宿，二十多年來並未擱下功夫，這是生性，雖然從未打算過重出江湖，功力卻依然大進。

五行惡農功夫雖高，卻哪裡是三十年前即名震武林的銀劍雙星對手？鬥到第二十三合，一一被刺穴點倒了。

江聲搖頭說：「這五個賊漢果是武功高強，但憑這點手段便說能驅走我華山一派，卻是萬萬不能。」

白曉便道：「會不會幕後有人操縱？」

銀劍雙星仔細盤問了五個賊漢，又下山到江湖上一打聽，原來一向擇徒極嚴的華山派果有滅絕之理。

門人原少，而這三、四十年間，幾代華山派的傑出門人武功修煉得越深，越是淡泊世事，江聲夫婦的叔祖輩天機子、天樵子，師輩的知幾子、知無子、知聰子，己輩的了殘子、了壽子等師兄，甚至師姪輩的無幻子、無法子等人，包括唯一俗家高手銀劍雙星夫婦自己，無不武事道力大成，名重江湖，都可說是宗師級的人物了，卻先後都游方隱遯了。故這華山派雖可謂是人才輩出，傲視寰宇，無人敢來招惹，內裡卻早不是這麼一回事了。

牌子夠硬的華山派雖無人敢來尋釁，但人人景仰的高手既全都隱居不出，派中所剩之人不眾，又自忖功力不足以行道江湖，與群豪爭鋒，於是據自家華山自做威福，門人們自閉鎖在這個武林勝地裡稱老大。其實原本就是老大，但近年來由於力不出華山，便多苛虐山民，強徵山稅以濟門派用度。

其後祖輩天機子看不下去，始數年間暗中傳授山民武藝保身，其中五個穎悟特高的，便結黨自稱華山五行義農，竟完成了驅滅華山派以保山民的武林大業。

現在，天機子又不知所蹤了，銀劍雙星雖是輕鬆搶回華山派來，但難道仍將堂堂華山一派交給來求救的這些不肖門人？銀劍雙星這對走不了的老隱士夫婦完全不知道該拿華山派怎麼辦……。

見與聞

二〇一三年四月十六日，爆炸之後，碎體、殘肢、腥紅。驚號聲扯爛了和平節慶與天空，這日，將被哀祭數十年。

那年，寧遠城也來了個硬漢，北下南上來比硬。守城的叔姪都是步卒，同時兼了弓箭手，還管一門紅夷炮。叔一邊打仗，還一邊隨戰事發展給姪兒解說呢。城外號稱二十萬大軍，根據傳統打個折扣，約十三萬不差。推著巨木車，衝過無法密集的炮轟與涵蓋面不大的箭雨，開始撞城門、城牆。金陣跟火陣擋過了第一合，軍師對應的奇策也繼續進行，敵人黏住了城牆，寧遠軍就祭出巨木陣，數十根巨木從城垛長長伸出，像貓背一下炸豎了毛，巨木上各趴列了數個兵卒，大把石塊狠狠落井下石。這個木土之陣又扒了犯城軍一層皮。下一波，於是頂著木架、木版、編盾再來推木撞牆、挖牆。軍師便急令大量拆解城裡屋房門階所鋪設的大塊方石往城下投，這是加強版的土陣，又軋死了不少人。但犯城的不止撞牆，還一邊挖牆，牆洞摳大了，便躲得軍士，再挖再藏兵，管你什麼木陣、土陣、金陣，那都是天要下雨、娘打孩子，與我何干？

根據傳聞，這個時候軍師冷笑了一下。好，不管傳聞如何，這一役軍師真正是見招拆招，揮拳還腳。忙急令軍士蒐羅棉胎等物，摶成棉團，以鐵鉤連繫長索，棉團澆油點燃，布個火球大陣，流星雨似的攻入被挖的城牆洞裡，燒烤。

火陣又死了不少人，事急矣。

此時眾軍忙著張弓攢射火洞竄出的敵兵，叔姪箭射完了，一時沒補上，姪兒忽地指指敵軍大纛不遠，閒著的叔姪便對著大纛開了一炮，震野的哭聲傳出，攻城軍即退了。

城下堆積了一萬多具屍首，箭穿死的、石擊死的、壓死的、燒死的、踩死的，多種不同死法。就不知有沒有嚇死的、氣死的。

姪兒首次歷經大戰，其實是很緊嚇的，但也好好撐過來了。看到在邊關多年的老叔還是一臉平靜，姪子心也定下平復了，問叔：「再打不跑賊兵，可要擺水陣了吧？」叔說：「這場仗打得可真不輕鬆，你……沒嚇出尿吧？」姪兒抗聲：「才沒哪！」於是叔掏出那話兒向著城外解溲，說：「那麼咱們現在就來擺水陣吧。」

而這日天黑了，一切就都成為黑色。

我是總鏢頭

京城執鏢局牛耳的威武鏢局總鏢頭太陽劍方群準備在六十大壽時金盆洗手，並交卸下總鏢頭職務。方與局主相商，讓局主公子流雲劍李大郎接替自己。原本順理成章的事兒，局主卻頗顯躊躇：「大郎自幼在少林習武，說得上是名門，但是不是高弟就不好說了，雖也算是武藝精強，然眾鏢師裡也儘有名門高徒落拓來此營生的，說來也有五七個造詣遠勝大郎的，一眾都是學武的，誰不心知？我那孩兒扛得起總鏢頭這名位麼？」方群想了想道：「東家放心好了，這無非是拉抬聲勢罷了。」

於是為了公平掄取真才，方總鏢頭將在壽辰當天主評鏢局內擺下的衡武擂臺，局裡鏢師人人皆可下場競技，總勝者即席接任總鏢頭一職，並得以新身分殊榮為方群老爺子金盆洗手大典執盆獻劍。另武競陪榜三人各有彩金，及升常例聘銀。

一時局裡沸騰，日夜談論此事，戲稱此擂臺比試為「我是總鏢頭」。誰說武無第二呢？一干武夫日日廝混、間常吵打，誰人幾斤幾兩差不了多大譜啦。

可誰也沒料到，武藝只在二流中第一流的李大郎竟然奪魁！但大夥也只是一愣，繼而一想是李大郎，倒也沒覺得不合理。武藝公認第一流的那幾位也是極公道地各得一筆巨賞，圓滿！

但是啊，刀劍拳腳硬碰硬的真功夫怎就能這樣發生……二流打一流呢？原來方總鏢頭說了，拳腳無眼，絕不容許自家兄弟為了爭奪什麼而放對相打，只好改為輪番上場演武品評，這是為了局裡和諧！方總鏢頭說了：「論功力，李大郎也許不是最深厚，但拳腳功架格局甚大，有總鏢頭氣派。其他幾位鏢頭身手雖然更為高明，總還顯得有點兒……浮誇吧。」這很專業，真的。

這也是最圓滿和諧的結局了，大家都知道這樣最好。儘管這晚堂堂的京城頭把鏢局的新任總鏢頭流雲劍李大郎不知為什麼傷心事而搥床落淚，一夜。

名相

這世間哪，名不符實的事兒多著呢。就說山遠縣浣溪西邊的東羊村吧，產得好西瓜，幾個縣裡都知名。而浣溪東邊的西瓜村，座在山膝，人們不墾田，專門養羊，肉用的羊羔及織用的羊羔絨，通省、外省都有商家來收購。

歷了幾任的縣太爺王之甫可不是隨便之人，道德滿面文章滿肚，好容易兩榜掙出了頭，派了個榜下即用，雖說是號稱老虎班，遇缺即補，這一補卻補到了遠遠的山遠縣。

山鄉淳樸，其實也無事可幹，縣界裡田壤不瘠不沃，小山小水也無甚林澤之利。乾脆這麼說吧，遠在千里之外的朝廷自古也並沒指望過山遠一地的賦貢，又不是邊關，也不勞經營。

王之甫這個縣官幹得就挺淒涼，縣既不肥不亂，肯定顯不出治績，升官看是無望。可也很清涼，清閒無事嘛，夏天有西瓜消暑，冬天天天燉羊肉熱呼。隔著浣溪，甚至連羊踩西瓜田的糾紛都不會有。

但王之甫可不是苟且之人，一生思治憂民，卻一拋被拋到清涼地，雖欲勞心，不知其可。

鬱鬱幾任知縣幹下來，只持續做一事，七次上奏朝廷東羊、西瓜兩村正名之事。只是可惜了七篇洋灑鏗鏘的出色奏議，上憲全無下文。朝廷認為此人無聊至極，正好治理山遠縣這個無聊之地，也就讓他一任任留任幹下去了。

直到告老，王之甫始終沒升上知府。東羊村呢，老還是在西邊，也跟羊不沾邊；西瓜村嘛，照舊篤定了就在東邊，若要西瓜？本村可沒有。

殘體

一代兇人縱貫線土豆仁在盛年息隱江湖，搖身變成了多產驚悚小說作家丁非人，篇篇小說筆下也只有男的，熊仔；女的，妮妮，兩個攻受不定的男女主角在一篇篇小說裡互相切割。這人滿紙、滿腦充滿各種體液、殘肢破體、器官、下體……。有的評論者認為這種風格來自於作者前半生黑道經驗的展現，但丁非人總笑笑說不是。

只是他的文友，少女純情派小說寫手白帥帥也這樣認為。白帥帥常在丁非人家盤桓，討論文學、閒聊。丁非人老是嘲笑白帥帥的小說太夢幻、脫離現實：「世界哪這麼圓滿、可愛？你每天夢囈！」白帥帥則說：「世界也並不全是血腥跟砍切啊，血腥跟砍切，你還製造得更多呢。你也並不現實。」可是他們不會吵架，知道對方有自己的一套，雖然丁非人常常想強迫白帥帥寫切割，但白帥帥始終可人如純潔少女。

那天天熱，丁非人跑去洗澡，沒多久，白帥帥聽到丁非人在浴室裡大聲呼救，急忙撞開浴室門探看，這一瞧，一下子差點給嚇昏。

卸下了兩腿、左臂及一些零碎的丁非人傻笑著說：「不好意思啦，右手忽然抽筋了，拆成這樣洗澡，裝不回去了。你只要幫我把左臂卡回來就好了……。」無言的可憐白帥帥也只好無奈地照做，喀喇喇鏗，接上了他的左臂。然後傻著眼看著丁非人用左臂卸下了右臂，篤篤篤，將右臂的筋敲鬆，裝回軀幹。又把洗淨的左右腿喀喇喇鏗，卡裝回該裝的位置。又把眼、耳拆下來搓淨嵌回，最後，抓起下體，茲唧唧唧唧，旋回下襠……。

半暈的純白白帥帥扶著牆走回客廳，自語：「怪不得愛寫切割肢體啊……。」完整的丁非人跟在後面，笑著回答：「世界真的是破碎的嘛。」

白帥帥倏地轉身，直視面對丁非人，正色說：「就算我們多麼破碎，歌頌的圓滿依然是人們終極的希望！」說著，右臂抓下左臂，當成一把不求人開始爽咧咧地搔背。

恐怖食人魔

你們都看過家中褓母虐嬰的新聞，對吧？如果不是嬰孩病、傷了明顯，就難以抓住褓母犯行，對吧？如有疑心，只好家中偷偷裝置針孔攝影機，一方面求證，一方面蒐集證據，對吧？對的，這樣的案件近年來好多起了。

前幾天我家也這樣子辭退了我家乖寶的褓母啦，觀看錄影帶，雖然褓母實在也說不上是虐待我的乖寶，天幸！但是照顧乖寶的整天，那年輕的姆嬤處處是漫不經心，我想我的乖寶整日都不會感受到，愛。

這幾日還找不著適任的褓母哪，我與內人也難抽出空來，臨了只好拜託我與內人及朋友間公認世間最值得信任的老好人仙池來暫時照顧乖寶幾天，他一個書店老闆，抽出幾天來，可以的。

有仙池大好人幫忙，絕對放心的。仙池這人是這樣，除了太貪吃，什麼都好。大善人！比如，喜歡個女生，做牛都可以；雖然沒喜歡個女生，人家開口，他做馬也可以。朋友想他幫忙，一露色他就掏心；朋友搶他的、對不起他，什麼都不必說，不說他就不會提；就只微露愧色，不必說什麼，他就會不好意思說：「別放心上，你並沒錯……。」口頭禪了都。

你們說，這樣的人乖寶託給他還有什麼可上心的？他呀，就是粗手粗腳也充滿愛心。

幾日過後，總算求到內人幼保科剛畢業的妹妹來照護乖寶，自己人，阿姨愛乖寶，乖寶要快樂長大喲！事情算是告一段落了。

嗯，咦，忽然我想到！定時錄影的針孔攝影機一直都忘了取消設定，但是錄了仙池的影根本毫無意義，他……又不帥。哈哈，且要說他會對乖寶不好，我也不信。

還是看看吧，都錄下來了不是？

呃……，仙池果是大好人，就如我想的，笨手笨腳之中瀰漫著真、善（美比較缺一點）。可是……。

可是我從沒看過或想到過仙池自個兒獨自吃飯時是這樣……。他吃的東西除了份量太多以外，很正常啦，都是國民小吃。只是每挾起一筷就喃喃自語：「這是×××的肝。」「這是×××的腸子。」「這是×××的腱子肉。」之類的，然後微笑咀嚼下肚……。嗯……。

而這些「×××」，我大半認識……，我也在內。
嗚嗚嗚……，對不起，仙池哥，我以後不會欺負你了啦……。

首領

卸下來的終端機，將不再主控一切、審度情資、發佈命令，也不再顯示一切、統籌一切。

連接遞主機的電源都卸載，他就黑了不亮。

他將馬上黑了不亮，主機卻還會指示燈到處亂閃，各種碼錶抽搐，胡亂運作一會兒，然後幾個地方冒煙，最後才癱了不動。

斬！

出身

大郎、二郎自幼拜在俠隱炊餅周門下從習秘學，大郎是個武學奇才，學什麼精什麼，可惜炊餅周說他沒有仙緣，並不教他練養劍丸，只把兵器架上的十八般，及各種拳術與他打熬。

二郎雙耳上提，微有奇相，稍染仙跡，但不是塊料，又貪飲食疏懶，炊餅周知他終不成器，只隨意用一套棒棍敷衍對付著傳授。倒是大郎周護兄弟，常硬架著二郎習耍槍棒，不許他懶。久來，炊餅周益愛大郎機敏乖巧，悌愛手足，尋思：「奇哉大郎這等稟賦，文可折桂，武能射石，命機卻如此脆薄，終要凋於市井，我若付他法要，恐促其險。二郎生性粗蠢，朽櫟之材，反倒有翻濁江河之象，奇哉。罷了，看在大郎臉面，竟把二郎給成全了也就是了。」

於是，炊餅周開始秘授二郎劍丸御劍之術，學了三年，又笨又懶的二郎並沒學成什麼，當然更沒如大郎所期望地成了個劍仙、劍俠。最後炊餅周滿心失望不耐，雲游去了。去前，將劍術寫成秘笈交予二郎，只說：「看汝造化。」

可惜二郎也沒什麼造化，比起劍仙，他真想成的，實是酒仙。大郎一勁兒的督促兄弟練功，望他得道功成，都是白搭。一回，二郎實在被逼急了，便把秘笈望大郎一甩：「你自個兒練去吧！」又跑到酒舖裡賒酒去了。人家看他一個半大孩子，不賒，他還能偷！

大郎雖沒曾忘了師父炊餅周的告誡，但習武求道之人一旦拿到了劍術秘笈，還能忍？這好比武二郎見了酒，恨不能把自己給釀進去。

那年，還不算成年的大郎強練劍丸練壞了全身筋絡，一身精強的武藝廢了不說，身形還縮了好幾寸。掐指算出徒兒有難的炊餅周遣人送來救傷的一棵靈芝又給醉酒的二郎糊塗下酒吃了。酒醒了雖悔亦無及，自是，薄身板的二郎半年間長成了個八尺壯漢，打架都贏，更不願學劍術了。

絕望的大郎於是把秘笈塞到灶下做了第一籠炊餅，從此不提武事，以賣炊餅維生。

毀希錄志林．無韻夢、輕薄賦

植眠子久未得其眠，思服展轉稿第，忽忽宕宕其神，前事若逼，更自吟曰：「京雒五陵，未冠少年飛觴；秦淮十里，及笄佳麗舞袖。處身既垂三界，渡江何用一葦？」是以，若裁春衣，乃制夏扇；魏武帳外，夏侯簾裏；青旗列為鐵寨，白夜織成銀河。於時，翠盞浮羽，粉面飄蓬；酒滌金環，盃響玉珮；誘扳指以敲膀，尋搔頭而弓腰；始翻罦自妾頷，復解帶於君額；平樂溢碗，須想陳留；洛陽觀伎，不思天府。一晌之際，人言章臺走馬未驚狗，自云錄事馳鶩不畏王。況乃出烏衣，入王謝，買笑堪用斛珠？於是，公子期叩其夢而語之曰：「夫何翻逸哉是子也！竊聞名姝之姿，匪在金屑；碩客之資，不以銅芽。吾今非希未夷，尚亦不識若論，願子強為之容，得聞之乎？」植眠子曰：「僕謝此久矣！吾子以為，然其蝴蝶可名花主乎？宜哉游鶴而倚雕闌乎？吾固非公子之謂碩客者也。」公子期曰：「然則先生忘情耶？則非無漏之果兮！曷可賀也！」植眠子曰：「何是言之過也。足下遠來相戲乎？昔者，大德弘一嘗結朱社，耽腴辭，靡樂樂，溺形象；東遊北島而挾美，先歷故國而攬豔；抱才器以翫世，負虛相之假名，極眾藝之絕高，幽蘭芳之獨悲，哀一冥之不視，終離情而直道。僕雖下愚，竊慕之矣。譬學仲尼，奔逸絕塵，知必弗屆而往也。」公子期曰：「嘻！子以支頤攢眉求道乎？其用若趺坐何？」植眠子赧而呿呿然曰：「吾道非必釋道也，為利見吾性耳。」期子曰：「吾聞子夫之論性曰『受之而已』。逸而可檢，閑情而可反正，其養邪？亦性也！可乎則可，不可乎則不可，奚彊耶？且若子秉夫金烏之亮，耀乎太白之明，雖欲自黯，其可乎？至如居姑射之接陵，濡蟾宮之溢光，苟移之廟堂，而可復潤其精神者乎？蓋隱驌驦之天材，猶騙馬以娛人，行不由心，何以見性？使了不反側展轉，僕將無以詣焉。是且何以辨子子邪？」植眠子曰：「善哉先生之講也！竊固駑鈍而韁之可脫也，盡還吾性之輕薄矣！然佚者乃害生之器也，可夫？」期子曰：「子何不悉情形之辯哉？其為然者，心猿盪而情騑逸，意鵠舉而思婕遶；軒軒乎，其神可游於九垓之上；攸攸乎，其情可布於六欲之內；是形無形也。故情佚則性揜，猶失虎跡獵師；體縱則德敗，乃充狼腹行者。青心先生有云：『方生死之代替兮，孰能演其萌已！矧玄冥之肅殺兮，句芒出而威奪；泣落英之繽紛兮，復滋蘭厥何為？載輜重以為居兮，陵螺竟此天賦。』是子之謂也！」植眠子方寤，不審悲喜。

溽草猶滋

五、六月

成就傳奇

曾是常州苦縣最大藥號「味方堂」的東主張縉，字伯壽。進過學，雖算得是衣冠中人，為人很是詼諧不羈，尋常在街上好與市井之徒說笑，言談莊俗並作。這沒什麼，就是親切，然他與官宦士紳說話，竟也這味兒，有時就難免遭嫌。知近他的，不過嫌他嘴刺；不熟稔他的，也有恨他瞧不起人的。

張縉還有個諢號，叫張二毛。他性好揮金，自奉雖然常時不奢，但興到就是順手千金，曾不思慮。這樣花錢，難免幹些無聊事，可好事也做了許多，張縉為善固是不欲人知，可是也不怎麼認真地避忌人知，所以城裡小民都知他是個大善人，也好欺，有難無難，也有些潑皮惡痞設些貧病套兒網罟他的，一回騙他不成，幾回總能有志竟成，張縉不是精細人嘛。這個算得是惠民局、悲田院的護法，一生為人知、不為人知的善行究有多少，連自己也弄不清個約數。當然，他去弄清這些做啥？他曾說：「張某不是一毛不拔的貨，就是只有兩毛，也肯拔一毛的。」旁邊一個老疙瘩頂了他一句：「敢情是說只剩一毛時就不拔了唄？」張縉答不出來就放潑：「拔拔拔，拔了一毛長二毛，終不成我張某倒成了個禿子吧？」這個輸口鬧氣的笑話之後，老與他逗口的粗漢便都喊他張二毛啦，張二毛氣歸氣，也不知能拿人怎麼樣，還是與他們要好。

可是啊，真不會成了禿子嗎？幾代殷實忠厚傳家的金字老招牌味方堂還是給張縉這紈褲子倒騰掉了。味方堂百年的硬牌子當然不能換掉，只不過牌匾右處的小字「張記」讓巧匠挖補刻鑿成了「魏記」兩字。貸款胡亂化用的張二毛自倒了攤子，就要禿不禿的啦。誰知精明的魏帳房早在多年前便預備著這日的到來，暗裡陸續幫張縉提存了一些股金，因此張縉倒了店堂，還能是個小股東。

魏記的味方堂仍然持續行善，但規模縮小了，店務也穩定了。魏帳房成了魏老闆，卻沒被稱為魏善人。

張二毛呢？好歹還真保住了一毛，沒真成禿子。並且就這一毛，他也肯拔的，他自己倒沒真的怕成了個禿子，但天才知道，魏帳房是不肯的。

矯情

他覺得「日行一惡」不免會讓自己變成太壞的人，所以決定實踐「每月一惡」，以免自己人太好，那，多矯情！

可是做惡事會傷人又讓自己良心難過，左右為難之下，他慢慢研發出了一些兩全其美的惡行。

有時他將一盎司三千美元的頂級霜降龍肉做成偽豬肉漢堡賣給無知的顧客，有時偷走偷拍客的相機清除內容後捐贈他國貧童並向物主恐嚇勒贖，有時他蒙面搶劫毒蟲，有時他對流氓製造假車禍，諸如此類，也累積了一些不法所得。

他還偷竊政府，挑戰公權力。他偷狗，偷收容所的狗，並不常偷，但有空就偷。實施「每月一惡」將滿十週年了，他在山窩裡秘密藏匿的贓物，庭園式的無籠廣大狗園來來去去總保持有幾十隻政府的狗，並用歷年不法所得僱請了七個狗工打理這批贓產，還和山下的動物醫院簽約健診、醫護，這批贓物真的保存得很好。

不過，天理昭彰，報應不爽，惡人終有惡報。他失風了，下套子詐騙詐騙集團時被警方釣魚逮了，官司纏訟到頭，得當政府七年的財產。而這七年間，他山窩裡的賊贓可怎麼辦才好？

最後，他只好告訴自己：「我不要矯情了！我就做一回善事吧，捐錢給自己……。」就把山窩裡的狗工頭找來，請律師處分了自己一筆財產，應該都夠支用狗園十年安養了。不夠，再說。

紀錄

星際共和發展聯席會下轄至少八十億個銀河系中九萬多個具生物存活的星球，當然，並不是九萬多個星球皆承認、或甚至只是知道聯席會的存在。聯席會會員星球席位目前只有四千一百三十六席，不用說，都是文明發展最高、足以侵略、宰制別的星體的超級強鄰。星系文明一百二十六階中，地球只排到第一百一十四階，自然還不夠格知道這個聯席會。

這次的會議進行到了大約地球年兩百多年的時間時，討論到了地球的定位與發展，但會議資料中對地球的文明並沒有一個清晰可判的評語，最大的問題是，不能確定地球人的思想、行為的最高準則究是如何。

所派出的二百多個現地調查員經過幾千個地球年的考察，對於地球文明的現況還是莫衷一是。深遠影響、刻劃在地球人心靈的、乃至於深度指導行為的，很多，但沒有一個能說是澈底決定性的。他們提出了聖經、佛經、可蘭、老子、洛克、play boy……等七十多項洋洋大者，卻不能抉擇。

最後，首席調查員鑫氏，拿出了通行地球世界的證例實據，《世界紀錄》，裡面忠實而公正地記載了地球人類所終極追求的種種行為、思考的標的（例如：世上在草地滾十公尺最快的人、包便當最快的人……），此應就足以代表地球全人類思維、行為的最高準則、方向了。

聯席會予以高度認可。

尤利安與女巫

背教者尤利安（Julian），這個奇特的羅馬皇帝，在執政二十個月後，卻在一場戰役中，被長矛貫穿了肋骨。

尤利安死了，這是沒有疑問的。但千年之下，卻又出現了一個奇特的學者，溫生博士（Dr. A. L. Winson）。他獨排眾議，聲稱那個崇奉信仰自由的悖時皇帝並非死於該役，而是死地後生，另有一段不為人知的際遇；溫生並出示一卷出土的殘稿，以資佐證。學林一般皆斥其無稽，咸稱殘稿手卷係偽造，也不須多加討論。但則，溫生博士此一番證據薄弱的敘述，雖嫌荒唐，倒實是饒富趣味的。

據他所言，尤利安在經過一番草草埋葬之後（這是很奇怪的，或許是預謀），旋即被老臣維克托爾偷偷挖出，忠貞的維克托爾帶著這具堅毅的屍骸，跋涉三天，到了一個被冰霰包圍的女巫的洞窟。

這裏住著一個年輕貌美、冰雪聰明，擁有深炫法力的小女巫，她的名字是To Καλον Ψυχη，如美麗的魂。也許這是命運，這個脾性高傲、不可乞求的異教者一見尤利安，也不多說，逕自指示老維克托爾將屍骸移入洞中，足足施了七天的咒法，硬是讓尤利安活轉來了。尤利安凝望著絕美的小女巫，小女巫也用冰冷的清澈看著他。一時之間，他們卻把堅貞不移，為主奉獻一切，竟至枯等七日而餓死的老臣維克托爾給忘了。

尤利安悲傷地將維克托爾安葬，茫然四顧，慢慢跨出步幅。小女巫說：「外面已經不是你的世界了。你還能往哪兒去呢？」

「我不知道……，或許……就是遊蕩吧……。」

「高貴而失意的靈魂，把這裏當成你的新生之地吧！不要再想著璀巍的宮殿了，這是個諸神已死的時代，你所崇奉的、仍具有感情的神祇，只剩此地棲身了。」

小女巫又說：「諸神的復活，在千年之後，你要耐心等待。」

「但是……妳能給我千年嗎？女孩。」

「看著我的水晶球。」

小女巫吹開裹著水晶球的冰霧，說：「從這裏，你能夠看到什麼？高貴的野獸。」

尤利安閃亮的雙眼，映照著那片銀白的渾沌，堅硬的神情漸漸鬆解，說：「是，我看到寒地裏一團不滅的火光。這是寒冷所極力保護的永恆之火。」

小女巫露出難得的笑容：「我果然是從不失誤的。」

然而，不過數日，正當尤利安洗滌在小女巫清冽的涼風之中，稍稍舒解長久以來的躁鬱，聰明如冰雪的小女巫卻開始變得遲鈍，不再冷言諷語；連環繞洞窟優雅的冰霧亦失散不少。看來，小女巫漸漸失去法力了。

自從一隻迷路的野豬闖到洞窟前面之後，小女巫生氣而絕望的痛罵自己是個「笨女巫」。

小女巫唯美依舊，尤利安不相信她會真的失去法力，小女巫自己也是。但，這總有原因的啊。

終於，終日沉默的小女巫低聲說出了石破天驚的一句話：「我好像懷孕了。」驚異的尤利安卻早已習慣鎮靜：「那怎麼會？」

「是野荊棘吧！一旦動了情欲，被荊棘或玫瑰刺傷，其結果都是一樣的。」她又說：「這樣，我的法力卻很難恢復的。」

「但是，那就不是妳了，妳願意嗎？」

「啊！我願意的。即使帶著我的孩子流浪，任情世間流落，我要我的孩子。」

她現在是個笨女巫了，失卻了清冷的魔法，她開始審視我們所說的「生活」。她的美麗，依然不減一分，反而添上了一層母性的光輝。

這時尤利安感到迷惑，他能了解小女巫的聰慧，卻不能明白這樣「笨女巫」的轉變。

當小女巫忙著用紫蘿藤編織嬰兒床時，當小女巫忙著用鳥羽織結襁褓時，尤利安走到一旁，拿出自己打造的水晶球，乞憐他的恩師垂現。

也許是尤利安疑惑的力量太大，也許是尤利安也稍具法力了，他的恩師，新柏拉圖學派大師——揚布利科斯（Iamblichus，約二百五十，約三百三十）真的化現了。

大師閃動著他特有奇異的綠眼睛，說：「孩子，你還是這麼的憂鬱。」

「親愛的導師，指引我吧！為什麼我被世間打落，卻仍不能脫離世間？」

「倔強的尤利安，你一向自己尋求答案，這回，你也得這樣做。」

「但是我不明白……」

大師打斷尤利安的話，吼著：「你已疑惑，便當明白！」

大師消失了。

捧著水晶球的尤利安一片暈眩，雙手抱頭，匡啷一聲，脫手的水晶球，摔碎了。

尤利安頓然澈悟，那水晶球的寒冷，保護的就是充滿熱血的這顆腦，這團永遠的火光，也可說是心吧！

水晶球可以再造，永恆的火炬卻不容熄滅。

小女巫用清冷自在的代價，換來的是生命的喜悅，生命之火。

小女巫終會恢復法力，尤利安暗自決定，如果缺乏法力維護的這個洞天，不能適合嬰孩成長，他情願帶著小女巫及小生命，落拓世間，不斷流浪……。

（殘卷所述到此，其後之事，殆猶為謎。）

過敏兒自述

我從小就皮膚過敏，沾不得塵垢，沾則立刻紅腫。最嚴重的是肘彎內側，整個兒童時期，我的右手肘彎都是保持在潰爛狀態，即使有一段時間學醫的叔叔住在我家也束手無策。所幸長大了些，自己好了，而皮膚終究還是敏感。

稍大了點，他們發現我不能兩眼視物，雖然兩眼視力、結構都正常，但是看物一次只會用一眼，另一眼則處在視而不見的休息狀態。久來，視差變大，看近物依右，看遠物依左，不自知地自然切換。我也曾害怕過異樣眼光，而多年以後，我不再在乎與人不同了，別人非眨一眼不能單眼視物，我所會的、不會的，和人不同而已。然後，我自小髮色與人不同，這你們都知道了。所以很小開始，我就習慣異樣眼光了。

還有呼吸道過敏，這個長大也改善了。鼻子過敏，氣壞不少名醫，後來也自己改善了。

我還藥物過敏，差不多的市售感冒藥、消炎藥都吃不得，吃了過敏，嚴重時，……很嚴重。一次感冒，醫生看我的病歷，說是幾種最好用的「大砲」我都過敏。

最後，我心靈過敏。雖然不是每個時候，但常常，常常像鏡子一樣，我能照出你的想法。太複雜的，我也得想想我照到的是什麼；簡單的，我零時差破解。例如玩德國蟑螂紙牌遊戲，我可以從我的上家開始，一家家依序一刀刀一個個宰光。

走到了天台邊緣，忽然想起了我的朋友小強尼，在我們都還是小孩子時，他跟我抱怨過：「你不要把自己說得像超人一樣好嗎？」

但說到頭來，我也只不過是個小說人物罷了。

吃

米家少爺單名仁，嗜好卻不仁，是個饕客，喜食異味，尤愛酷烈之物。連米家廚子都看不下去，變著法兒哄他。

例如米仁說要吃活叫驢，或澆驢肉，廚子便牽來一頭驢在廳外，問清了米仁要吃哪一部件：「後腿肉吧，……再澆塊背脊。」便要小徒弟覷他暗號揍驢，驢叫嘶了一陣，驢肉就分兩盤上桌了。活叫驢的做法是生剜驢肉，澆驢肉更慘，使用的部位生剝了皮，澆滾湯燙熟再割下烹調。廚子卻先備好幾斤驢肉矇騙米少爺，驢子捱頓揍而已。

其他的也一樣，烤鴨掌、龍鬚鳳爪，風乾雞、生摳鴨腸等這些凌遲菜，都是弄些雞鴨揍打一番，用現料欺瞞米少爺。

猴腦尤欺得靈巧，廚子可稱為巧匠。慣常菜用猴腦的猴子腦袋都特別大，廚子卻特選來小腦猴兒，廚子又自己秘為調製一副假腦，緊緊貼鑲在小猴兒後腦勺上，出菜前，什麼胡椒、辣子、花椒、薑、蔥切末一大碗，往猴兒整臉搓抹半晌。米仁就在猴兒吱吱跳跳中享用極品美味猴腦，並不知道自己只是吃了個素菜。

可廚子只是人，不是神，花樣有限，有幾個菜實在沒法兒做假，如三吱兒、鐵板甲魚、醉蝦、陰陽活魚等，這都是「盆裡活」的菜，廚子只有計窮，說他這幾個菜做得差，只能不幹，辭差了。

後來鬧長毛，大飢荒，人相食，米仁抽中了籤成了「米人」，再也反抗不得，負責宰肉做菜的廚子，就是這老相識廚子，不再欺騙米仁了，就一刀盡了一生痛快！

馬黛娜誤上賊船，柯犁鈍破斧沉舟

卻說這馬黛娜小姐新近到一家「財務顧問」公司上班，雖說時日未久，因人緣不惡，加上大腦進化略嫌不足，輿論稱她為「保育類」。一時之間，倒也名聞遐邇。年前尾牙，馬黛娜小姐抽中一個小小的獎項：一幅字，「難得糊塗」，頓時暴起如雷掌聲，連頭獎、特獎也不如的。

開場表過，單提這日馬黛娜才到公司，便聽得電話廣播傳來老總的聲音：「馬秘書！馬秘書來了沒有？馬……呆……娜！」

馬黛娜忙進總經理辦公室，一邊抱怨：「您老鄉音也忒重，是黛娜，不是獃吶！」

「別理咱的鄉音了！俺急著傳一份名冊到美國哩！」

「您倒是傳呀！」

「不成！不成！這名冊交關要緊，可不能像上回一樣，怎地洩密都還攪不懂！」

「那麼，多花點銀兩派人送去吧！」

「不成！不成！名冊在美國上班前就要到的。再說，差人送去也非十拿九穩。」

「得了！得了！左也不成，右也不成，到底是拉倒了省事唄！」

「不成！不成！斷乎不成！馬上把一級主管都叫來開會。這群混子每天吃飽飯不管事，不成的！」

不多時，一群人在會議室坐定，一個馬臉漢子先發話：「大哥！這個月的賬不是明兒個才繳麼？不過我先繳吧！我這次是兩千兩百萬。」

總經理說道：「今天找你們來不是這檔事兒。唔，先繳賬也好。」

於是，各人有的現金有的期票，分別繳了數百萬到上千萬不等。最後輪到一個白面皮的後生，只搓著手，不知支唔什麼。

總經理說道：「小么！你真是不成！喝酒胡鬧樣樣不輸人，臨到繳賬就現窩囊。瞧你這些哥哥們哪一個不是人見人怕？偏你到外頭淨沒人甩，不成的！上次你繳了五張椅子了賬，這回敢情也有三兩張桌子吧？」

待一桌子笑聲稍稍平息，小么委委曲曲的拿出一張ＣＤ片說：「大……大哥，桌子大了扛不上肩，怕也沒地方堆哪！這ＣＤ片想是啥好玩的遊戲，我……。」

「算了！今天咱沒空同你瞎磨頭皮，有件重要事情你們誰給拿個主意？」

總經理把前情一提，可個個傻眼了。這畢竟不是動刀動槍的專業領域。

此時，馬黛娜進來斟茶，瞧他們一個個對著滿桌錢鈔愁眉深鎖，怪道：「怨不得人說財務顧問是熱門行業，也不見啥進貨出貨，倒有這些個生發！會計小姐還說本公司只有進項，沒有出項呢！真是獨門怪生意。」

馬臉漢子道：「好了！好了！馬秘書，爺們正傷透腦筋，你就少嚼舌根了吧！」

馬黛娜說：「對著一桌錢發愁？真好福氣！讓我也愁一回吧！」

總經理說道：「不是錢，是機密的名冊呀！」

馬黛娜拿起桌角的CD片說：「有這個，還愁啥？」

馬臉漢子說：「去！去！要玩拿到外邊玩去，別來夥！」

馬黛娜感到非常奇怪：「咦？這面上寫的明明是個文件鎖碼的軟體嘛！把名冊鎖碼後，透過網路傳出去不就好了？」

愛玩Game跟看A片的白面皮小么說：「可是現在連路邊都買得到解碼器嘛！」

馬黛娜以為他在逗樂子，便瞪著眼翻開夾附的說明書，把這軟體的功能介紹一遍，又說：「可以選擇某個檔案製作成為鎖碼檔，也可選擇數個檔案製作成一個鎖碼檔……。」操作方式講了十五分鐘，又說：「這是專為傳輸方便而設計的功能，使用者還可以自訂分割尺寸。簡單嘛！」

這一席話直講得一票男子漢面面相覷，不知所云。

「好！我算是懂了。」老總總算認過兩天字，沒像一班手下那麼菜。就是誑人，也還像些：「這便責成你去辦理了。我早說你這妞兒成！噯，一群男兒漢倒不如一個女娃兒，不成的！」

接下來幾天馬黛娜一直忙著鎖碼加密公司裏種種莫名其妙的資料，按下不表。

到了禮拜六，馬黛娜與男友柯犁鈍相約燭光晚餐。席間柯犁鈍問起馬黛娜新工作的情形，她便得意洋洋的將她打敗一群主管的事蹟宣講一次。

看官，原來那柯犁鈍的父親一世務農，只願兒子作個衣冠中人，不再耕田了，才取名「犁鈍」。結果兒子並沒放洋留學，弄個博士什麼的，倒巴結上一個警官的職務。既是「官」，且還不只是個「看官」，也總算是對得起祖宗姥姥了。

過場表罷，言歸正傳。那柯犁鈍聽了馬黛娜一篇敘述，不禁皺眉。又問她公司的種種情狀，也是愈聽愈不對。「哎！你這呆鳥！上了賊船還不知道。」經過柯犁鈍一番解釋，馬黛娜終於明白，這「財務顧問公司」，根本就是一個黑幫堂口。

幾經折騰，警方宣布破獲××幫堂口，逮捕堂口老大卜必成及頭目若干人，現已起出大批贓款云云。馬黛娜正好趕上這波掃黑大流行，警方特別感謝她的協助。

並表示，沒有她提供的密碼，案情無法順利偵破。

從此，馬黛娜與柯犁鈍便常常互相傳送鎖碼情書；從此，過著幸福快樂的日子。有分教：

瞞天過海不勝天，加密傳情更濃蜜。

書序・牘貓記

這個女人，我剛認識她時她還在教作文，書也出幾本了。幾本，我不知道，剛認識嘛，並不熟悉。她是我學姊的朋友，輾轉，也就認識。後來大家在網路上抬槓多了，也彷彿熟了。

她養了兩隻貓，我還幫她的白貓畫過像，白貓叫小雪球，其實滾得很大。後來小雪球和我交情越來越好，會用她主人的帳號到我在網路的發文底下回覆，也會傳私訊跟我聊天。說真的，我和這女人認識久了，雖不能說不熟，但白貓才跟我真正的談心、談文學。

這女人後來不教作文跑去結婚了，我也有點錯愕，不是什麼，只是因為事前什麼消息也沒有，太突然罷了。不過無所謂啦，反正不損我跟白貓的情誼，不管在娘家、夫家，我和白貓還是常常在網路上聊著我的作品、那女人的作品，甚至是白貓自己許多寫作的構想。白貓近日說起女人剛剛寫竣的新書稿，說她文筆越發好了，從前的書就已受肯定，都再版，有一定的品質，這回也許又有提昇。這點我覺得很怪，因為白貓一向只跟我討論作品分析，及一些理念，從不涉及外界的風評或售書等等之事啊，我想，事有蹊蹺。

果不其然，這女人先不久才應我的邀請幫我新出版的書寫序，現在也要求我幫她這本新書寫序了。我好想拒絕，不是因為什麼，她的書當然值得推薦，但除了「好看」、「有益」，我也沒能力再分析出些什麼，真是絞乾腦汁的苦差啊。話說回來，一本書只要「好看」、「有益」，不就極成功了嗎？而「好看」、「有益」誰講都沒用，只能讀者自己去感受、判斷。所以說，我得怎麼寫序？還是拒絕算了，雖然是欠她一筆文債。

但推了幾次，這女人並不放過我，我用賴皮跟她比耐心，反正看誰拖得贏。

好，各位既然看到了這篇序，也知道我戰敗了。怎麼敗的？因為我接到了綁票勒贖電話，這女人告訴我，她已經發覺了白貓跟我的私情，現在她綁架了她，除非我交出她要的序，不然不給白貓飯！

這女人，算你狠。

是為序。

後記：被退稿。

餓

薩爾茂服兵役的那年代，軍營還未改制成貼上ＳＴ認證標章的戰鬥體驗營，所以一入伍就榨掉了好幾斤，整天當白麵人。那是啥？一天裡爆汗、汗乾，連續好幾回，到了下午、晚間，鹽滷似的汗收乾了要吃飯，大夥兒的草綠服上附滿了汗乾的白色鹽粒，脖臉一抹，偵緝隊說你販私鹽，你逃不了。

吃飯時大家夥兒熬了一天的饞，都搶食。那樣的生活中，吃、睡真的是生命裡唯一的報酬，生活中至高的享受。操練的小兵整天都是餓的，一日三餐拼命吞嚥，還填不到底。小蜜蜂，嗡嗡嗡，飛到西又飛到東。薩爾茂在野外出操時，時刻偵察的不是敵軍、假想敵、長官或同伴，而是暱稱小蜜蜂的游擊單兵式的零食小販。大家都很餓，偵察到小蜜蜂就打包圍戰，薩爾茂可能餓冠全軍，整日腦中都在演練「小蜜蜂戰記」，搶買的速度要快，軍官一下子就會發現資金異常流動的黑市，狗鼻子真靈，哼。

所以能跟小蜜蜂交手的，都是快速反應部隊。薩爾茂前幾次戰役打得不怎麼好，經過幾日苦心研究、計畫，就成了高手。他可不像那些傻鳥，猶豫半天，又什麼都想吃、喝，最後找自己麻煩，不是來不及買，就是被逮。薩爾茂精心計較過了，他單買花生糖，一盯住小蜜蜂，先壟斷他身上所有花生糖（當然，並沒有拿槍抵著小販腦袋啦），但其實也不會有多少。跑單幫嘛，又什麼都想攬的。

花生糖好哇，解饞、頂餓，又好收藏。薩爾茂常想，往後要是逃難，身上就帶金條跟花生糖好了。

在野地操兵的時候，衝鋒開始，班長一喊「臥倒」，眼前是個泥水坑也得馬上撲趴臥倒下去，除非你想要臥不完的臥倒。薩爾茂一臥倒，就從衣服裡偷偷掏個花生糖塞嘴裡，都是單顆包裝，很方便。靠著這樣，一天裡薩爾茂才能撐到晚餐前沒餓斃入忠烈祠。

像薩爾茂這樣的小兵算還有一些，所以開飯時不拘菜色多少，他們搶飯不搶菜。每桌一鑊飯雖夠小兵每人兩碗，總是有人操過了頭胃納不佳不再盛的，但飯鑊還是一定在十幾分鐘內完全喪失自我被掏空，薩爾茂和他的敵人則是每餐都能搶進三碗飯的猛員。第四碗呢？沒有，地球的糧食不夠分的。

薩爾茂退伍以後沒什麼出息，除了飯比較會吃外，沒什麼成就。所以一直很窮，喜歡在免費供應白飯的自助餐廳裡吃飯，菜往鹹裡買，一點點，要不了幾塊錢。高山形的飯三塔，像舊時代苦力、窮夫吃的「門板飯」，但都不再添第四碗啦，飯桌上沒了敵人，倒沒那麼餓了。

苦行

她好奇怪，是不是「不愉快」正是她的愉快？她喜歡損人、指謫人，儘管人家可能正在稱讚她。那麼，不是正在稱讚她的時候就更不用說了。

可是奇怪，當人家被她刺得鬧翻了臉之後，她也會重圖示好，適當地表示自己以往的過火，人心都是肉做的嘛，也不是總不會融化的，是不是？然後，她就會告訴對方：「像你這樣的半吊子，還是要多做點修養工夫得好。」

總覺得她是馬戲團裡的馴獸師，鞭子死不離手的。可是她自己豈不也是鞭痕累累？

我認識她很久了，一直不明白她為什麼喜歡住在荊棘中生活。直到我愛上了她，我們相戀，我們在相互的鞭笞中過日子。

她的床頭牆上貼著一張撕下來的書頁插畫，畫的是中世紀的一位苦行修士勞斯（Rousse Alert D. 1035-1101），勞斯赤裸著滿是鞭痕、鞭痂的上身，揮舞著刺鞭，正鞭打著自己與眾人。

現在，我是她唯一的「眾人」了，我想我會與她這樣過完一生，瀆滅。

草叢裡的神像

青石斲刻的神像在濃密無際的草叢裡湮埋了不知多少年，彷彿時間與他無關似的。

這是一尊尚未完成的神像，只鑿出了一半面貌，大家怒吼著：「雕錯了！」他們不要這尊無事自化的上古淳樸之神，他們要進取的戰鬥之神。於是大家詛咒這尊尚未完全顯形的神像，勒令停工，手段甚至磔死當初卑詞厚幣求請來的雕刻家。

也許是還來不及另請高手雕製新神像，城便毀敗了，城址、人煙慢慢墟解，最後莽草讓一切消失。

到了現在，發現、開始研究這址遺跡也有許多年了，這尊「混沌之神」的完成度一直是個爭議。從八、九成到五、六成的各種說法都有，不成定論。還有一種折衷的論點，說原初的刻工是進展至五、六成而止，但經過極長歲月自然環境的侵刻，其實已經近九成呈顯了先民意中的神貌了。

但不管如何，神像不在廟龕之中，現在置於國家博物館精密溫控、濕控的保護中，就是五成，就是九成，他也不會再繼續完成了。

也許，他自知是不必完成的。也許，他正等著下一回的城墟毀敗，重歸蔓草。

黃昏的神像

背陽的山壁刻著的一尊巨大神像，在白天的陰暗裡，他在行人的遮蔭打尖式的參見中思考著自己的存在。

夏天裡小販在他的腳下賣棗子、賣淡酒，冬天裡將茅頂下四空的散凳子邊加茅絡起了仍會吱進冷風的三面壁隔，賣的酒烈了些，也架起小灶燉狗肉、山鼠肉饗客。

並不是說這尊神像就享用了廟集，有了香火。是啊，賣茶、熱肉湯、涼酒的三兩個老漢、老疙瘩都只是山民，並沒有販香燭的買賣。山道不好走，又不是要道，只是南左邊通往山陽幾座大叢林的其中一徑便道，跑不得馬、馳不得車，沒有貴人，只有腿健身輕的行路人才來走這嶇拐的近道。山民幾個支了篷雖說貪圖幾個小錢，主要是寂寞，年月裡多少招待幾個來人，知知有漢，也曉曉魏晉罷了。

問這壁上觀的尊像是何氏？問這偌大刻鑿始何年歲？山民也是瞠目無語而已。

黃昏夕照一刻，刻像滿滿閃爍神采，蹭道的少年不禁立起合什，低喚：「不知名的神祇啊，請受我虔心禮敬。」然後整個山色人畜一起隨著神像黯淡下去。

爾後，山民回答向問，皆說：「是不知何方神祇。」

茅房裡的神像

不知誰在茅房裡房架的橫木上釘個小板，立了小小一尊木頭粗鑿的神像。怎麼知是神像？像前還有一小盅土，土盅裡整齊插著三柱細直的木籤。

神像不過看得出是個寬袍的人形，此外並無任何標識。纔接掌書院的這一批大儒，洞主與堂長、幾位講書相商，都不能認出是何神明，對於是否應該斷然將之撤下也舉棋不定。

謹懷先生說：「會不會是哪一代先賢的造像？」一慮先生說：「即說是，也辨不得何師。且又詎有賢儒配祀在廁間之理！不通啊不通。」崇明先生則說：「講儒肅敬的聖學所在竟也有淫祀之風，三德先生執令驅拿了那群小人儒，果是明舉，絕學可復！絕學可復！」謹懷一揖，說：「以崇公所見，當須撤了淫祀？」崇明沉吟，一慮與其他諸賢者皆端坐不語了。

書院裡已經幹了三年工的侍茶小廝原來也名三德，新來的這批醇儒認為該當避諱，才將小廝三德更名為三讀，三讀也在剛剛才為已然辯議了兩個多時辰的這批醇儒換好了新茶退出廳堂，幾個幹工的小伙子得了一刻閒，都在灶間談笑著。三讀說起了廳堂上的趣事（聖事），為避崇明先生諱而剛被從聰明改名為聰秉的大孩子聰秉哥笑說：「是我安的。那神嘛，也不特別是哪個神，說是過往神明也可以。先前的善隨先生常跟我說，舉頭三尺有神明，我在茅房就立了那神像，你們去蹲蹲看，神像差不多就在你頭上三尺高。我跟善隨先生說，幹什麼臭事，頂上都還有神明呢。你們說，善隨先生他們有多好！還讚我果然聰明呢。」

後來茅房裡的神像並未撤下，這批醇儒也默契不再提起此事，命幾個長工又搭造了新的、當然不會有神像的茅房。舊的茅房就專給工務、小廝們使用，小廝們，則甚至有點敬默的歡然。

託夢的神像

十七歲就離家的如今在繼父與母親相繼死後的隔年搬了回家，這個空空的家，這座獨棟而保全完善的房子的確很適合豔名不衰的半隱退巨星林如今獨居。

經過一番整理，從閣樓中起出了一切舊物，把不屬於記憶中的物件都丟棄了，這樣，林如今將屋子打理出了個十七歲前離家時的大致規模。十七歲以後的陌生物品，只保留一個靠牆的半桌上的神像。這神像雖是香爐供奉起來，倒還更像是個擺設，粗刻的木雕不塗彩，很多的部分保持了原來的樹形。為什麼留它，林如今只是一眼就太喜歡它，捨不得丟棄罷了。把鋪擺神像拜禱的什物撤乾淨了，還嫌不夠乾淨，母親一向不信神，因此全沒打算搭理繼父死事的林如今為著這尊神像，特地買了兩箱冥紙錢到繼父墓前燒化，算是她林如今向繼父購買了這尊神像，從此一切兩清。

夜裡，她夢見他來找她，兩人依偎相愛，他說他一見她就迷戀，她說了同樣的話。所以林如今並不寂寞，白日裡編寫劇本、小說，工作；夜夢裡夜夜溫存，日夜不相擾，林如今太滿意她如今的生活了。

她問他是誰，他說，有什麼重要呢？是啊，有什麼重要呢？她也這樣想。

直到從美國回來看她的阿姨說了：「這木雕像是你繼父啊。他死後你媽媽就找木雕師父訂做了他的立像，說他信神，去當神了。你媽媽也就把他當神一般膜拜起來，料不到才半年，也走了。」

夜裡她又問了他是誰，他實說了，我不是他，我只是愛你，看見你癡看他木像的眼神，更增憐愛，才以他的形貌來找你，我真愛你，已不忍繼續騙你。

她則說，你不是他，很好，我正希望你不是他。你的樣子是他，這樣子很好，我正希望你是這個模樣。

夜夜，他們依然溫存下去。

守舊的神像

這個國際化大都會的這個區在早期發展起來，現在變成擁擠而老舊的落後區。而這座蓋得古樸堅實的老廟並未因為地區沒落失去風華，一直是這個城市的重要地標之一，每日都有不少遠地來此參拜的信眾，香火之盛，什麼名牌香水也比不上。廟宇整天裹在香煙裡，什麼牌子的香煙也賣不了這麼好。百年來，神像早被燻得黑漆油亮。

廟雖蓋得好，上料精工，寬綽的廊廡廳堂也顯得氣局恢宏，但只有兩進，在都會膨脹了多年之後，胃納早已不足。因此大企業家的提案，廟務委員會大致是贊同的，大企業家以信眾的身分捐獻，將在城近郊蓋起的新廟，會有現址的五倍規模。唯一傷腦筋的是，大企業家雖然願意在談妥簽約後立刻進行新廟的設計與營造，但原廟的拆除與商城的開發也同樣得馬上開始。其實積年的廟產甚豐，大護法也不少，廟方的潛財力並不比大企業家的財團遜色很多，廟方不是自己蓋不起新廟，可行事魄力就比財團差多了。

四方奔走下，神像暫厝的山廟安排出來了，但在合約擬定之後，廟方向神明數數請示，皆擲不出筊，甚至改動合約、大企業家親來跪拜擲筊，都不得神明首肯。

最後，這個其實也是廟務委員之一的大企業家強行提案，要請神轎了，神轎乘了神像，至少讓神明親到新廟的新址與暫厝的山廟一遊，見了秀麗的好風水後，也許神明就答應了。

出巡好容易預備停當，神像卻「卸不下來」，被多年燻積的煙油厚實地焊在木龕座上啦。

要說硬是破壞神像底座強要神明去做什麼，大家是沒這膽的，廟務委員會的大半委員終於硬起來了，決議否決了大企業家遷廟的提案。

大企業家知道，這下就是再提個重造新神像的提案也不會有人理他了，不管神的旨意可不可信憑，他忍不住偷偷抱怨：「真是守舊的神像。」

現代文學

阿狗是個窮光蛋，窮酸得要死，早餐的吐司只肯簡單抹上一層鵝肝醬，灑上可憐的幾錢黑松露，陽春得很。

開著年初買的法拉利出門，車都整整三天沒美容上蠟了，虧他有臉亮相，也太不修邊幅了。

然後他到星巴克仔細品味了一下午他的赤貧。

代監寺

曜摩朝時，京都天龍寺歷次出了幾位國師，遂成新氣候，雖然無法動搖別處山頭，畢竟是宗門新勢力的龍首。

僧者嘉賢圖巴年紀輕輕，擅於集眾鬥禪，早歲成名，竟已躐升代監寺一職。方丈之意，是借重嘉賢圖巴和眾之能，希望寺務一起朝氣，然又因其德臘二者尚不足稱，只得委以代職，俟其理寺有績，才作正想。

未期年，畿南南蠻寺起經論講壇，以嘉賢圖巴雖德臘二具未足，然聲懾京都，小僧皆不敢直眼相視，如是威儀，必定學有過人之處，便擬求聘為副講。南蠻寺監寺睢巍長老遂卑辭以請，欲成後進。誰知嘉賢圖巴卻峻拒了：「講論開經固優為之，然任副講久已生疏。」

就別提睢巍有多愕然了，難道嘉賢圖巴的意思是想任主壇？多不可思議啊……。

南蠻寺這一講壇三海會主壇請到的兩位長者白日、黑頭，俱是德齒兼尊、化導一代的宗門巨匠，是後世公認與南蠻寺方丈青眼導師齊名的曜摩三大士。青眼是地主，不願主壇，要睢巍先請了嘉賢圖巴，再請秉問天龍方丈願否主壇，然後自己再出面正式請駕。雖說天龍這一壇未免太弱，但講壇也並非名利場啊，青眼覺得天龍必能在海會中精進，仍是一方福田。

可是這下嘉賢圖巴頂了睢巍便走，睢巍講不上後話。

三海會順利結束了，嘉賢圖巴的拒任副講直接促成了教史上重要的、唯一一次的曜摩三大士法會講集，海會講錄也成為傳世珍貴的教典。

至於嘉賢圖巴，原在考慮升其為正監寺的天龍方丈，因與會聽講，從副講睢巍長老處無意中聊到前事，心便不清淨，終其一生，以至圓化，嘉賢圖巴並未更動過代監寺職。

小說者言

他長得高大粗獷，甚具野性，但舉止、氣質無不散發著溫和與細緻。很難說他是狂野還是斯文，他兩者都是，而且時此時彼，有時一時俱兩。他的手也大，秀挺而不細弱，勻白柔軟而有力，且總是潔淨，只差沒能保持在隨時可執刀手術的狀態。

寫到這裡，她一把搶過紙頭，看了看說：「你這是寫你自己嘛，可惜你沒真的這麼好。」抓起他的手輕輕親吻，又腮磨著。

「我沒這麼好？那就不是寫我了。」笑。

最後他們討論的結果，這樣的角色設定，只能是個變態。不然，就太不真實、太言情、太夢囈了。他們還一致認為，小說還真不是人的世界啊。

故事

妹妹揹著洋娃娃，走到花園來看花，卻遭了哥哥的毒手，又奪走了這女孩最寶貴的東西。她的額頭還因此留下了疤痕，但心中所受到的驚恐則更成為一輩子的陰影，一生中，都害怕在花叢、草叢邊行走。

哥哥也還是個孩子，為什麼就這麼壞？總是寵溺過頭，缺乏管束吧？

長大後，兄妹感情倒是很好。經過幾次情傷，也滿心傷痕的哥哥，在父母死後重新回家居住，獨自照顧孤僻的妹妹，不再與其他女人交往了。

兄妹倆年紀還不老，也都生得姣好，除了老鄰里，在外頭，市場、大街上，常被誤認是夫妻。而這兩個靦腆的人，常常羞慌得不知該如何否認。

久來，他們生活得越來越像夫妻，純自然地細心彼此照顧，甚至有時候心裡也忽然泛起一絲是夫妻的錯覺。

到得老了，哥哥先死了。簡單辦完喪事後，往後的生活，不太喜歡出門的妹妹只好常常戴著大遮陽帽親自外出購物，而竟幾次聽到竊竊嘲笑她「死了丈夫」的耳語。

但其實他們兄妹一輩子都是正常的兄妹，兩人是孤僻了點，卻沒什麼逾越，也沒什麼曖昧。兄妹倆感情好也沒什麼奇怪，一輩子吵、打架就小時候那一次罷了。妹妹揹著洋娃娃，走到花園來看花，哥哥頑皮在花叢裡伸出腿絆倒了走路還不甚穩的妹妹，額頭還破了標血，哥哥顧著玩也沒看見，搶了洋娃娃就跑走……。

你問我怎麼知道這些？還這麼詳細？告訴你，你們愛聊的這個故事中的妹妹就是我，知道了吧？你們這些臭嘴！

長壽蘿蔔

很快的我長成了一顆英挺的白心大白蘿蔔，我也知道自己不會長期埋沒。果然，蘿蔔探一直注意著我，我出土的那一刻多麼體面，拍掉了土塊、沖洗淨了白玉無瑕多汁的身體，就是一個人見人愛的好大根。

可是離了泥土的埋沒，我也不再生長了，那麼我做啥要出來體面？又回頭想，不體面體面，儘是長，終是做啥要長？於是我又想，我長也長了，體面也體面了，也不枉什麼了。這就是我的一生嗎？其實好像也真的沒有什麼缺憾了。

離了土被發掘，體面過了再來該我的就是等著朽爛結束我無憾的一生了吧？可是他們阻止我萎爛消為泥土，把我曬成不爛的乾，我的身體保存了下來，只是癟癟的很不體面。我該爛不爛變成了醜醜的乾屍，已夠難看了，他們還不放過我，過了一年還把我這乾縮的老梆子碎了屍。結果，最後我還不是要爛銷了？脢爛。

哎也，出土風光的沒幾天，乾屍、碎屍倒拖磨了幾年冬，不值啊，我個碩壯體面大白蘿蔔！

隱

孤單的老頭兒天沒亮就起來燒灶，先到柴房裡撿出一把碎柴、一根粗柴，燒了灶先「隔水煮水」，一個鐵鍋裝滿了清水，放入也裝了水的灶鍋裡煮。因為磨盤大的灶鍋平日炒菜煮麵，老頭兒不喝生水，也不喝油腥味的水。燒了飲水，換上蒸籠，蒸饅頭。老頭兒吃食簡單，日活兒卻不少，總在瓜棚、菜地裡勞作。逢上雨日，也不得閒，在屋裡不是編草鞋就是編竹簍，或是打簑衣、磨犁頭什麼的。

生活清苦嗎？未必，總有人認為這是「閒適」。隔著山坳對面望過去，好大一幢別墅，就單是維持著，怕不常時要用上十來人收拾著！兩個山頭，恆是兩個世界。

別墅的主人是個官場退下來的名流，島國裡無人不識，可以姑隱其名。老頭兒有時會來農舍這兒住幾日，自覺得頗有古趣、野趣。只是老頭兒風雲一世，日常的優渥亦不甚容易戒除。

直到兒子也倒台了，老頭兒把財產都變賣，姑且助兒子東山再起，或是東山再倒老頭兒也已經不在意了。老頭兒只留下山上那幾畝菜園，及木瓦的幾間農舍小屋，自己勞動養老。

夜裡，山坳對頭的別墅還亮霧霧的，老頭兒頗不閒適，樵柴、搬麵粉、打油、買鹽……，現在一切只有實實在在自己來了。躺在板床上，全身散播出來一波一波越來越強烈的痠楚，從沒體驗過的快感與淒涼，老頭兒早打消了回憶錄的寫作，但老病死前還是留下了簡單的遺書，只有一句話：「這輩子原來我這麼不會活。」

試刀會

已十五歲的菊平正太夜裡站在街角，觀察著偶來的行人，打算試刀。這是他的第一次，雖然十五歲半大的身量尚未完全長成，學劍亦已十年了，是儕輩高手。但自己的劍術究竟可以發揮到什麼程度，自己也不甚了了，今天在賭場裡從野武士手中贏了一把「村正」，村正被德川視為妖刀，是忌諱，不宜公然佩帶；試刀殺人也是一種禁忌，武士間流行的禁忌。

菊平尚未殺過人，自然有點緊張，不敢逢人拔刀便砍，料想在熟練之前，自己的第一次可能不會表現太好，得好好挑個易於處理的可憐蟲。陸續落單走過的平民有幾人了，菊平都沒下手。一個提著薙刀的兇僧，菊平自覺得還不夠當人家點心；一個佝僂的老東西，刀風都可以掃倒吧；一個扛著木樁的工人，太壯；一個笑咪咪的阿婆，菊平想起了姥姥……。

終於來了個姿貌平庸的婦人，沒有什麼引人不捨的特點，也不用耽心反噬或不成功。菊平湧上心血，等不得婦人走來，向她跨步走去，臂肘微提，再近一些便可拔刀。

這時，整個世界忽然多出了一人，一個高大的中年武士跳到菊平面前，抽刀笑說：「來一下吧？」高舉上段便斜劈下來。菊平來不及拔刀了，雖然驚懼萬分，每天紮在道場苦練的體魄還是自己做出了立即反應，往前一撲，輕盈的身子擦撞了武士大腿外側騰了起來，正好鑽進婦人懷裡。

武士旋身正待再劈，口喊：「二胴！」（斬斷兩具身軀，一種試刀的單位標準）同時間，沒被撞倒的婦人看了一眼菊平驚嚇而俊秀的臉龐，右手急探，拔出菊平的脇差（約三十公分的短刀），竟捅進了武士腹側。

婦人拉著菊平逃走，然後在橋邊坐下喘息。菊平還沒平復過來，婦人卻好像心情不錯，故意拍了一下菊平的太刀刀鞘，微笑說：「是出來試刀的吧？你選的對象究竟是我，還是那個武士？」不等菊平正太答話，婦人拿出了懷裡藏著的短刀把玩，又笑說：「姐姐也是出來試刀呢，本來遠遠看上的是你，倒不知道你生得這般俊，我想我也下不了手。現在這樣很好，用了你的脇差，我們都算試了刀了，是吧？」

說不出話來的菊平正太的第一次就這麼被這個長他十多歲的女人糟蹋掉了，但也因此沒有變成兇人，菊平正太終身沒有過第二次的殺人試刀。

豔遇

異常美麗的茱兒是自助旅行界的混家子，年紀不大，已走過二十多個國家。當然，有些國家是遊過好幾次的。一個宅朋友這樣形容她：「一年裡有半年在國外，在國內的時間裡有一半也在旅行，剩下半年的一半時間，都在賺取、籌措旅費。」茱兒沒有家嗎？茱兒有個溫暖的家。

茱兒的男朋友，歷任，都深愛著、可惜抓不牢茱兒。而茱兒也真的愛、愛過她的那些男人，都愛。

茱兒總是秉著單純的心生活、旅行，且不在意孤獨，但茱兒差不多沒有孤獨過，至少在大家眼中是這樣。茱兒太美了，茱兒太親切了，所以只要落單，總有豔遇。茱兒從未期待過豔遇，她自己覺得很能享受一個人的旅行、一個人的生活，所以每次茱兒新的旅程出發前，朋友預告茱兒的種種豔遇，茱兒總抗聲道：「這是神聖的一個人的心靈之旅，不會有豔遇的。」宅朋友就說：「那就算是對方豔遇好了……。」

茱兒每次都不服氣，卻最後都不得不服氣。

後來茱兒跟宅朋友竟也結了一段情緣，卻也是豔遇。宅朋友生平第一次出國，在一個美麗的國度的一個美麗的城鎮的一個美麗的廣場的一個美麗的花台邊巧遇一個美麗的仰躺著的女子，景象很陌生，人兒很熟悉，茱兒。茱兒說：「累了，就隨地小睡。」

宅朋友說：「你這樣不豔遇才有鬼呢。」

於是宅朋友從旅行團脫隊，陪著茱兒遊歷。這是宅朋友唯一的一次豔遇，也是茱兒經歷最奇特的一次豔遇了。

恥

這社區裡的這一家，連著幾個獨棟屋子住一起，老家長是個無恥的老騙徒、老賭棍，大兒子是個無恥的官員，二兒子是個無恥的奸商，三兒子是個無恥的新聞媒體人。再過去兩三棟屋子，分別住著幾個「名媛」，明裡跟這個家族沒有關係，但大家都懷疑很有關係。

這個家族的勢力夠龐大的了，而且越來越壯大，然後，老家長的第三代漸漸長大之後，更連著的幾棟屋子又入住了好幾位名媛。

第三代所從事的職業不外仍是無恥官員、無恥奸商、無恥新聞媒體人。只有一個孫女不同，嗑藥、狂歡、酗酒、揮霍，甚至雜交，這樣荒腔走板長大，長大後既不願當官，也不願從商、從事媒體業，當然，也不願意好好當個名媛。她什麼也不學、什麼也不會，雖然經由家裡安排，她想做什麼都行。

但她真的不願，而家裡則是更強烈不願她的不願。她只好逃家，斷了家根。

什麼都不會的她，也的確什麼都做不來，在她奮力自求生存的艱苦歲月中，一度還走投無路淪落風塵賣過身，當時，她想起什麼都有的富貴家人，她心想：「這雖然羞恥，至少不算真的無恥吧？」

幸福

這個沒有家的乞丐，所使用的箱琴甚至有破洞，破洞自己用木片精工黏補起來。他有時也任性過一下曲高和寡的癮，但只能偶爾，他當然也兼通一些意韻深刻的通俗曲調，並以此為業，他這樣也勉能滿足自己心靈了。可是，常常還是會有饑乏的威脅，所以偶爾他也媚俗，然後又萬分痛苦地重新選擇了饑乏。

今天他的收入是二百八十七元，到賣場買了一些特價麵包，花了三十六元，並把其他的銅板兌成了兩張百元紙鈔。剩下五十一元銅板是准許自己在下次進帳前花用的生活費，如果下次的進帳順利，他就可以加買一點甜點吃了。

這幾年來他的生活相對富足，他所流浪的這一區，多少有幾個居民和他漸漸安熟，受驅趕的機會便小多了。於是他能夠在本鎮每週二開放的街頭遊藝表演區裡擺上破帽，奏他的破琴。而這幾年來，這樣安份地配合市政政策的合法演藝行乞，讓他的日子裡總能保持五、六百元的身家，捱餓是不真怎麼發生了。很幸運了可不是？多少生面孔的街頭樂乞，莫論才分好壞，還行乞無地呢。

走出了賣場，他把二百元紙鈔仔細摺起來，旁邊一個本鎮著名的演奏家也停在那裡正將他的信用卡收進皮夾。他們雖不熟稔，只能算是同行間的認識，卻攀談了起來，討論了一點F大調、E小調之類的話題。然後演奏家掏出了車鑰匙，乞丐便知機地道別，手插口袋裡喀啦喀啦地玩弄著銅板，自己陶醉在這種令人小小滿足的聲響中；另一邊口袋裡，他那慣於觸弦的手緊捏著摺得整齊的兩百元紙鈔，不願放過這種無聲的巨大滿足。

安家

丁小時被退婚了，因為湊不出聘金。對象家裡開出的價碼也不多，不過是價值半個房子或一個車子加房子頭款差不多……，這樣講不是很清楚，總之，就是女兒嫁過去了，須得名下有房有車，雖然是貸款沒關係，另外還得償付一筆娘家安家費。丁小時想，這也很合理，女兒養這麼大了，岳家二老也老了，女兒嫁做人家人，也難盡養老之責。丁小時想到，從前幾次要小弟頂罪投到牢裡，不也是先撥一筆安家費給小弟家裡嗎？正常正常。

可是丁小時正是洗手改邪，才想到好好成個家，做個安份小職業，過個安份小日子啊。離開了搶錢搾財的專長之後，正經勞作攢的錢，也僅夠兩、三口子安生過日（他想得遠呢），大筆的安家費一時三刻勢有困難，但若再拾起昔日專長，雖說屆時想買幾房妻室都不成問題，頂案的要多少小弟的安家費也小錢小錢，但真到了這種時候，還會想娶現在的這個對象嗎？都不同文不同種了啊。

就這樣，丁小時籌不出安家費，被退婚了。他也知道做個好人是要付出代價的，不想付也不成，就像不吐出安家費，罪不會就被頂上。

丁小時不再說什麼了，雖然被退婚後不久就聽說了女方有新對象要嫁，聘金打了個大折扣，約半部車子的價錢吧。丁小時聽說了那個新對象，他認識的，他只是默默地想：「她並不知道價碼其實可以再開高幾倍吧？當初我給他弟弟的安家費可遠不只這個數呢……。」

寂寞，為你

她裸身躺在床上，僅在腰上隨便披著一條毛巾，眼神半闔，望著飄掛著蛛網的天花板，在沒有擁抱或壓擠、晃動時，不說話。

他背對著她，眼睛盯著網頁，溫柔地對她說：「我知道你寂寞，怎麼能不寂寞呢？從你進門開始，我就對你承諾過，為了你，我一定再討一、兩個小老婆來，在我外出、上課時，你就不用自己一個待在屋裡。」女孩其實很平靜，那張秀美寂寞的嬌顏，或許是天生。

「我窮，還只是個學生，但是你再等等吧，再有半年我就可以畢業了。畢業之後我一定努力工作，儘快再找兩個小老婆，為你。別說兩個，再多找幾個也可以。那麼我出外工作時，你們還是一樣熱鬧，不會寂寞，這多好！我工作回來，一進門也是熱熱鬧鬧，多不寂寞啊。現在先再等等，好嗎？親愛的。」

他轉過身來擁著她時，她吻了他一下，他又把她抱緊，她就也吻著他不放，一個長吻。

繾綣之後，他裸著身繼續上網，忽然高興地對她說：「這個可以分期欵！我想我可以馬上找到一個小老婆了，為你。」

流浪者本生經

夜裡，我潛進郵局，正把自己打包，打算將自己寄到一個不知名的遠方，且不留下寄件地址。我所有的錢財，都充做郵資，把我，有多遠寄多遠。

最後，只剩負責打包的手沒法兒打包進來。當初沒預先設計個向內拉封的扣縫，很是失策。

不能重來了，天已亮了，郵局將再人煙。

儘人來前，我對這個世界揮揮手，道別。然後我對這個世界揮揮手，表示初見面的問候。

這手，就把封箴的郵包拆開，我正式來到這個未知、陌生的遠方，走出郵局，走入人潮，完全像是本來生在這個世界一般。

釀小說40　PG1116

在僻處自說2
——張至廷微小說選

作　　者	張至廷
責任編輯	蔡曉雯
圖文排版	姚宜婷
封面設計	秦禎翊

出版策劃	釀出版
製作發行	秀威資訊科技股份有限公司 114 台北市內湖區瑞光路76巷65號1樓 電話：+886-2-2796-3638　傳真：+886-2-2796-1377 服務信箱：service@showwe.com.tw http://www.showwe.com.tw
郵政劃撥	19563868　戶名：秀威資訊科技股份有限公司
展售門市	國家書店【松江門市】 104 台北市中山區松江路209號1樓 電話：+886-2-2518-0207　傳真：+886-2-2518-0778
網路訂購	秀威網路書店：http://www.bodbooks.com.tw 國家網路書店：http://www.govbooks.com.tw
法律顧問	毛國樑　律師
總 經 銷	聯合發行股份有限公司 231新北市新店區寶橋路235巷6弄6號4F 電話：+886-2-2917-8022　傳真：+886-2-2915-6275

出版日期	2014年3月　BOD一版
定　　價	350元

國家圖書館出版品預行編目

在僻處自説 ：張至廷微小說選 / 張至廷著. -- 一版. -- 臺
北市：釀出版, 2013. 05-
冊；　公分. -- (釀小說 ; PG0897-)
BOD版
ISBN 978-986-5871-34-5 (平裝) . --
ISBN 978-986-5871-94-9 (第2冊 : 平裝)

857.63　　102005090

讀者回函卡

感謝您購買本書，為提升服務品質，請填妥以下資料，將讀者回函卡直接寄回或傳真本公司，收到您的寶貴意見後，我們會收藏記錄及檢討，謝謝！如您需要了解本公司最新出版書目、購書優惠或企劃活動，歡迎您上網查詢或下載相關資料：http:// www.showwe.com.tw

您購買的書名：______________________________

出生日期：________年________月________日

學歷：□高中（含）以下　□大專　□研究所（含）以上

職業：□製造業　□金融業　□資訊業　□軍警　□傳播業　□自由業

□服務業　□公務員　□教職　□學生　□家管　□其它______

購書地點：□網路書店　□實體書店　□書展　□郵購　□贈閱　□其他

您從何得知本書的消息？

□網路書店　□實體書店　□網路搜尋　□電子報　□書訊　□雜誌

□傳播媒體　□親友推薦　□網站推薦　□部落格　□其他__________

您對本書的評價：（請填代號　1.非常滿意　2.滿意　3.尚可　4.再改進）

封面設計____　版面編排____　內容____　文／譯筆____　價格____

讀完書後您覺得：

□很有收穫　□有收穫　□收穫不多　□沒收穫

對我們的建議：______________________________

____

____

____

請貼
郵票

11466
台北市內湖區瑞光路 76 巷 65 號 1 樓

秀威資訊科技股份有限公司 收

BOD 數位出版事業部

....

（請沿線對折寄回，謝謝！）

姓　　名：＿＿＿＿＿＿＿＿　年齡：＿＿＿＿　性別：□女　□男

郵遞區號：□□□□□

地　　址：＿＿＿＿＿＿＿＿＿＿＿＿＿＿＿＿＿＿＿＿

聯絡電話：（日）＿＿＿＿＿＿＿＿＿（夜）＿＿＿＿＿＿＿＿＿

E-mail：＿＿＿＿＿＿＿＿＿＿＿＿＿＿＿＿＿＿＿＿